アイヲエガケ

千瀬 葵
CHISE Aoi

文芸社

目次

第一部　下書き

1

「それじゃ、お大事に」

「今日はありがとな」

「いいって。また来るよ」

友人の見舞いを終えて、病室を出る。思っていたより元気そうで安心した。

階段から落ちて大けがをしたと聞いたときは肝《きも》を冷やしたが、足を骨折したものの、それ以外は特に問題なかったらしい。

けがをして落ち込んでいるかと思いきや、「入院生活は暇《ひま》だから土産《みやげ》を持ってまた来い」と言ってくるぐらいだから、それほど心配はなさそうだ。

今はほとんど動けないようだが、回復が進んでリハビリを始める頃になったらまた来よう。

そんなことを考えながら病棟から外に出た。

ここはこの地域で最大の規模を誇《ほこ》る総合病院で、あらゆる分野の専門医がそろっている。敷地面積も広大で、病棟を出てすぐのところには、広々とした公園のような広場がある。緑豊かで噴水なんかもあって、きっとこの病院に通うすべての人にとっての憩《いこ》いの場所になっているのだろう。

今日は晴れていて過ごしやすいからか、広場にはたくさんの人がいる。患者と看護師の組み合わせもあれば、患者とその見舞い客と思われる人たちも多くいて、病院とは思えない明るい雰囲気だった。

そんな中、僕は一人で花壇を眺《なが》めながらゆっくりと歩く。ビオラやデージー、マーガレットなど、春らしい植物に彩《いろど》られた光景は、見ているだけで気持ちが落ち着く。今日はこのあと特に予定もないから、このあたりを散歩してみてもいいかもしれない。

そう思った僕は足を止め、かがんで小さな花に手を伸ばす。花弁に触れようかというまさにそのとき、ポケットの中のスマホが突然けたたましい音を出した。

「地震⁉」

周囲の人がこぞっておびえた声を上げる。そこかしこで緊急地震速報が鳴り響き、静かだった広場がたちまち騒然《そうぜん》となる。

屋外でこの音を聞いたのは初めてで、どうするべきなのか一瞬迷った。それでも、幸いここは周囲に背の高い建物はないから、僕はかがんだまま地面に手をついて警戒を強めた。

そこでふと、近くのベンチに座っている女性の姿が目に入った。緊急地震速報に気づいていないのか、落ち着いて読書をしているように見えた。

それから少しして、体が無理やり引っ張られるような揺れが発生した。立っていられないほどではないが、それなりに大きな地震だ。周囲のどよめきが大きくなる。

強い横揺れを感じつつ、僕はさっきの女性の様子をうかがった。ベンチをつかんでいるから地震には対応できているようだが、手にしていた本が地面に落ちているので、やはり急な揺れに驚いてしまったのだろう。

彼女が座るベンチの後ろには街灯があり、万が一あれが倒れでもしたら大変だ。そう思った僕は、未だに揺れが収まらない中、慎重に立ち上がって、少しずつ彼女のもとに近づく。

結果として何も起こらなかったのだが、揺れが収まったあとも彼女は微動《びどう》だにしなかった。ざわめく周囲に目を向ける様子もなく、体を強張《こわば》らせてじっと下を向いている。

その女性はチェック柄のシャツに七分丈のワイドジーンズを合わせていて、見た目だけでは患者なのか見舞い客なのかわからなかった。ただ、僕が目の前に立っても一切反応をしないので、なんとなく違和感を覚える。

「あの、大丈夫ですか？」

ここまで来て何もしないわけにもいかないと思った僕は、とにかく彼女に声をかけてみることにした。ずっとうつむいたままだから、もしかしたらおびえているのかもしれない。

地震の恐怖を感じている中で見知らぬ男に話しかけられては、より一層怖がらせてしまうだろうか。

声をかけてからそんなことを思ってしまった僕は、近くに病院関係者がいないかどうか確認した。残念ながらみんな地震への対応で忙しそうだった。

「…………」

一向に反応を示さない彼女に逡巡《しゅんじゅん》していた僕だったが、とりあえず地面に落ちたままの本を拾い上げ、それを彼女にも見えるようにベンチの上にそっと置いた。すると、突然彼女が顔を上げ、僕とばっちり目が合った。

黒髪のショートカットが印象的な彼女は、二十代前半といったところだろうか。僕自身何も悪いことはしていないはずなのに、まっすぐに見つめられて思わず一歩後ずさりをしてしまう。

「結構、揺れましたね」

視線を外し、周囲を見渡しながら僕は言った。大きな音は聞こえなかったし、窓ガラスが割れるようなこともなかったようだ。スマホを確認すると、最大震度は五強、このあたりは震度四だったことがわかった。

「…………」

僕の発言にやはり反応しない彼女は、怪訝《けげん》そうな表情で僕を見たあと、助けを求めるような目で病棟があるほうに視線を向けた。

「紫《ゆかり》！」

その視線の先にいたロングジレ姿の女性が、驚いたような反応を見せながら声を出す。どうやらこの人の名前のようだ。

「大丈夫⁉」

まるで僕が不審者みたいな感じになってしまったが、ここで逃げたらもっとまずいことになりそうだと思った僕は、駆け寄ってくる女性に場所を譲《ゆず》るように一歩下がった。

「大丈夫？」

同じセリフをもう一度言って、ベンチに座ったままの彼女の前にしゃがみ込む女性。そのときの動作を見て、僕はようやく状況を理解した。

彼女はおそらく、耳が聞こえないのだ。駆け寄ってきた女性は声を出しながら手話のようなものを見せていた。

彼女は知り合いが来てくれたことに安心したのか、笑顔で女性の問いかけに応えた。そこにはやはり手話があって、彼女の声は聞こえなかった。

それから何往復かの会話がされたようだが、片方の女性の声しか聞こえないので、どんな話をしていたのか想像するしかなかった。

「あ、あの……」

僕が弱々しく声を出すと、女性はすぐさま僕に体を向けて、怖い顔で力強くこう言った。

「あなた、誰です？　この子に何か用でも？」

警戒心むき出しなのは仕方ないことだとは思うから、ここは冷静になって事情を話すしかない。とにかく害をなす者ではないことを伝えなくては。

「いえ、たまたま通りかかっただけです。緊急地震速報が鳴っても彼女が無反応だったような気がして、何かあったら大変かと思いまして……」

僕の必死の弁明《べんめい》はどうやら届いたようで、女性は大きく息を吐いてから、凛《りん》とした態度を見せる。

「そうでしたか。それは失礼しました。私はこの子の姉なので、もう大丈夫です」

言われてみれば、顔がそっくりだと思った。姉を名乗る女性の髪は肩までかかっていて、服装と髪型が違うからわかりにくいけれど、本当によく似ている。

「それならよかったです。それじゃあ、僕はこれで……」

言いながら頭を下げたときに、後ろで座っている彼女が僕をじっと見ていることに気づいた。落ち着きを取り戻したようで結構だが、珍しい生き物でも見るようにまじまじと僕を見つめている。

（驚かせて、ごめんなさい）

視線に耐えかねたわけではないが、去り際にひとこと、彼女に向けて手を動かした。声は出さずに、なけなしの知識による手話を彼女に届ける。

すると、彼女は目を見張《みは》って、伸ばした右手の指を前に二度下ろした。

人を招くときに使うジェスチャーにもなる今の動きは、呼びかけるときの手話だ。「待って」と言われたんだと理解した僕は、踵《きびす》を返すのをやめて、彼女のほうに向き直った。

(あなた、手話できるの?)

僕にも理解できる手話だった。お姉さんと違って彼女はとても嬉《うれ》しそうな表情をしていたので、もう少しこの場にいさせてもらうことにした。

(ちょっとだけ)

今度は手話とともに声を出した。彼女の聞こえ具合がどのようなものなのかはわからないけど、唇《くちびる》を読んでくれるかもしれない。

(嬉しい!　)

途中から彼女の手話についていけなくなってしまい、僕の視線は彼女の手と顔の間をせわしく行き来することになった。僕がわかるのは、本当に基本中の基本だけで、こんなふうに実践するのも初めてなのである。

「紫、そんなスピードじゃ伝わらないわよ」

隣に立つお姉さんからすぐにフォローが入った。お姉さんは僕にも伝わるように、手を動かすだけでなく声も出してくれている。通訳さながらのその振る舞いは、見ていて頼もしさを感じさせてくれる。

姉の言葉を受けた彼女は、頭に手を当てて「そうだった」というようにかわいらしく舌を出し、身振り手振りをやめた。姉妹の仲の良さがうかがえる、あどけない笑顔だった。

「この子、あなたと手話でお話ができて嬉しいみたいです」

まだ硬《かた》さの残る笑顔でそう言ったお姉さんは、僕に対しても手話を交えて発言した。妹に見せるためだということはすぐにわかったが、妹は唇が読めるから、ゆっくりと口を動かしてくれればそれでも伝わると教えてくれた。

(私、　ゆかりっていいます。あなたの名前は?)

自己紹介が始まった。僕は指文字もひと通り知っているはずだが、苗字《みようじ》のほうはうまく読み取れなかった。馴染《なじ》みのないものだったと思う。

(僕の名前は、と・き・わ・な・お・ひ・さ、です)

かなりぎこちない指文字になってしまったが、ちゃんと伝わっただろうか。唇を読んでくれと願いつつも、たまらずお姉さんの顔を見てしまう。

「わかった?」

お姉さんが妹に確認を取る。二人の手話は当たり前なんだろうけど手慣れていて、気後《きおく》れしてしまいそうになる。

「ちゃんと伝わったみたいです。妹が自己紹介をしたのなら、私もしなくちゃいけませんね。

私の名前は——」

そう言ってお姉さんは、僕の顔をじっと見つめたあと、声は出さずに指文字だけで自身の名前を表した。とてもゆっくり示してくれたので、苗字までしっかり理解できた。

「いんなみみどりさん、ですか?」

「正解」

このときの笑顔からは、最初の警戒心がすっかり解消されたことが見て取れた。左手で作った輪に右手の人差し指を当てる手話を隣で見ていた彼女は、嬉しそうな笑顔で音を立てずに拍手をしてくれた。

「えっと、どういう字を書きます?」

和《なご》やかな雰囲気にすっかり安心してしまった僕は、何も考えずにこう聞いた。僕の名前についても教えたいけれど、どう説明したらいいだろう。

「印に南で印南、みどりは羽に卒業の卒っていう字ですけど、わかりますか?」

ここでも手話のみだったらどうしようと思ったが、そんなことはなかった。漢字は手話で表せるのだろうか。

「翡翠《ひすい》の翠ですね? とても素敵です」

「ありがとう。ちなみにゆかりは紫色の紫でゆかりです」

「そうなんですね。おふたりともきれいな名前です」

「名前、きれいだって」

（ありがとう。あなたは？）

流れ的にこうなることは予想していたけれど、すぐには反応できなかった。質問をしてくれた紫さんには申し訳ないけれど、翠さんに向かって声を出す。

「常盤《ときわ》っていったらたぶんこれかなってなると思うんですけど、それでわかります？」

日常の常という字と一般の般に皿をたしたもの、と言うより伝わりやすいと思った。自分の名前をどう書くかの説明は、思っていたより難しい。

「これですかね。手話では表現できないですね」

苦笑いを浮かべながら、翠さんは自らの手のひらに字を書くように僕に見せて、常盤の文字を当ててくれた。それに安堵《あんど》した僕は、続けて名前の説明に入る。

「直久《なおひさ》は、日直《にっちょく》の直に、久しいです」

これも手話では表せず、なんともいたたまれない気持ちになる。それでも、紫さんは特に気にしたふうではなく、楽しげに姉の通訳を待っていた。

無事に僕の名前が紫さんにも伝わって、自己紹介を終えたのだが、このあとどうしたらいいのかわからなかった僕は、その場でにこにこすることしかできなかった。話を続けることも、撤退を図《はか》ることもできず、ただただ立ち尽くすだけだった。すると、

「あっ、そうだ。こんなところでのんびりしてる場合じゃなかったんだ」

翠さんが何かを思い出したように手を叩いて言った。今の動作は手話なのだろうか。

「紫、お薬もらいに行くよ」

そう言えばここは病院だった。おそらく紫さんの診察の付き添いで翠さんがここにいるのだろう。広場はすっかり平常を取り戻していて、先程《さきほど》の地震による影響がそれほど大きくなかったことがうかがえる。

「すみません、お時間取らせちゃって。それじゃあ、僕はこれで」

「あ、いえ、こちらこそ」

翠さんに頭を下げてから、紫さんには手話で（さようなら）を伝える。紫さんは立ち上がって笑顔で僕に向けてこう言った。

（またね）

僕がした手話とは違って、紫さんは再会を望んでくれているようだった。当然悪い気はしないから、僕もそっと笑顔を返す。

僕の帰り道とは違った方向に歩き出した二人の後ろ姿を見送り、僕も家に帰ることにした。再会することはあるのだろうか。

突然の出会いに困惑した僕だが、これっきりで終わってしまうのも惜《お》しいと思った。今後もこの病院には通い続ける予定だから、また会えるだろうか。

2

五月になり、上着を一枚省略してもいいくらいに暖かくなった。今日はとてもいい天気で、友人の見舞いを終えた僕は、再び病院内の広場に来ている。

友人は歩行訓練に入っていて、ギプスさえしていなければ今すぐ退院してもよさそうなくらい元気に見えた。土産に持っていったお菓子も一人であっという間に平《たい》らげた。

次に見舞うときは退院祝いかもしれない。そんなことを思いながら、僕は広場内のベンチに腰かける。

今日は見舞い以外にもしたいことがあるのだ。持ってきた道具の準備をして、作業を開始する。

僕がここでしたいことは、絵を描くことだ。僕は色鉛筆で風景画を描くことを趣味としていて、前からここの景色《けしき》はぜひ描いてみたいと思っていた。

スケッチブックを開いて真っ白な画用紙を膝《ひざ》の上に置き、これから使う予定の色鉛筆を何本かベンチに並べる。その中から一本、アイボリーという黄みを帯《お》びた灰色を手に取り、ひとつ目の色を加える。この瞬間が割と好きだ。

風景画を描くときにどこから描き始めるかは人によって異なるが、僕はいつも手前から描く。今回はまず左下に噴水を描くと決めている。この広場のシンボル的な存在だ。

描き始めたらそこからは、夢中になって手を動かす。時間を忘れて周囲の視線も気にせず、ひたすら目に見えるものを描いていく。余計なことを考えなくて済むから、僕は絵を描くのが好きなのかもしれない。

噴水の土台を描き終えて、本物と見比べてみる。細かな色遣《いろづか》いはあとから調整するからよしとして、描き出しは順調といったところだろうか。

「うわっ！」

再び作業に戻ろうと視線を手元に戻したところで、横から視界を遮《さえぎ》る何かが現れた。驚いた拍子に危《あや》うくスケッチブックを落としそうになる。

顔を上げて何が起きたのかを確かめると、すぐ横に先月ここでたまたま出会った女性が立っていた。一度会っただけだが、印象的だったのでよく覚えている。

(こんにちは。驚かせちゃってごめんなさい)

彼女は、困ったような笑顔を見せつつ手話でそう言った。

(こんにちは。お久しぶりです)

僕は持っていたものをすべて脇に置いてから、声を出しつつ手話で再会のあいさつをした。

「こんにちは」は片手でもできるが、「久しぶり」は両手を使わなくてはならない。

(私のこと、覚えてる？)

手話には疑問形というものはなく、覚えるという手話をするときの表情でそれと読み取る必要がある。彼女は僕にわかりやすいように、首をかしげて眉《まゆ》をしっかり上げて尋《たず》ねる表情を見せた。

（もちろんです。印南紫さんです）

唇を読んでくれるだろうという期待とは関係なく、口も同時に動いていた。手話がきちんとできていればいいけれど、とにかく僕が二通りの方法で彼女の名前を示すと、紫さんはぱっと明るい表情を見せて笑った。こういうときは言葉も手話もいらない。

（何をしているの？　　　　　　）

絵を描いているという手話を思い浮かべていたら、紫さんは笑顔を引っ込めてすぐに別の手話を加えた。しかし、付け足された内容はわからなかった。

（僕は絵を描くのが好きなんだ）

おそらく流れ的に間違ってはいないだろう。彼女の言葉を勝手に推測して僕は返事をした。僕にできる手話はこの程度のものだということもある。

（そうなんだ。隣、座ってもいいかな？）

三人は余裕で座れるはずのベンチを一人で占領して、紫さんを立たせたままにしていたことに対する罪悪感がむくむくと湧《わ》き出てきて、僕は慌てて道具を地面に置き、座る位置を少しずらして彼女のスペースを確保した。

（ありがとう）

にこりと笑って、紫さんは僕の隣に腰かけた。二人の間にはもう一人来ても全然困らない程度の間隔がある。

（私は読書が好きなの）

そう言って彼女は、文庫本を手に持ってかざしてみせた。向かい合わせではなくなり、手話を読み取るためには体の向きを変える必要があった。

（だから、直久くんの邪魔はしないよ）

僕の言葉を待つことなく、紫さんは続けて手話を作る。「あなた」を表す手話ではなく僕の名前を表してくれて、それがなんだか嬉しかった。

しかし、何か言おうにも咄嗟《とっさ》に出てくる言葉を手話で表現するのは難しく、僕は無意味に表情と手を動かすことしかできなかった。

そんな僕を見かねたのか、紫さんは子どもの相手をするときのようにふわりとした笑顔を見せた。

（　　　　　）

おそらく「作業を続けて」と言ったのだろう。自らも読書を始めた。

紫さんの視線が僕に向かなくなった時点で、僕が彼女に何かを伝えることはできない。さっきから何も言えていないことに若干《じゃっかん》の申し訳なさを感じつつも、彼女の気遣《きづか》いをありがたく受け取り、僕は再び作業に戻った。

二人でベンチに座って、それぞれがまったく別のことをしている。はたから見たら見知らぬ者同士にしか見えないだろうけど、それでも周囲には空いているベンチもあって、やや異質な光景に思えた。

そんなことを考えながら横目で紫さんのほうを見ても、彼女はまったく気にした様子もなく本の世界に入り込んでいるようだった。

隣にいる人にそんな集中力を発揮されては負けていられないと、妙な対抗心をもって道具を手にした僕だったが、描き始めたらまたすぐに絵の世界に入り込むことができた。

それからどれくらいの時間が経っただろう。噴水の次にアスファルトの地面や芝生を描き進めていたら、肩に手が触れるのを感じた。

(話してもいい？)

呼びかけてきたのはもちろん紫さんで、僕はすぐに手を止めて体の向きを変え、話を聞く姿勢を見せる。

(　　　　　　　　　)

最初から何を言われたのかわからなかった。

(ごめん、なに？)

申し訳なさと情けなさで胸がいっぱいになったが、こう聞くしかない。紫さんは少し迷ったような表情を見せてから、カーディガンのポケットに入っていたスマホを取り出した。

『すごく集中してたね』

　メモアプリか何かに表示された文字を見て、彼女の言葉をようやく理解する。さっきの手話は集中を意味していたのか。

（絵を描いてると、夢中になっちゃって）

　集中は夢中に置き換えた。紫さんがスマホを使ったからといって、簡単にそっちに流れたくないから、わかる言葉で対応していきたい。

（この本、読み終わっちゃった）

　言われてすぐに、彼女の手元にある文庫本を眺める。それほど分厚い感じはしないが、まさか最初から最後まで読み終えたのだろうか。

（今、何時？）

　瞬時に読書について聞くことができなかったので、僕は簡単な手話で時間の流れを探った。会話が嚙《か》み合っていないとは思うけれど、これはもう仕方ない。

　僕の質問に対し、紫さんは手話ではなくスマホの画面を見せることで答えてくれた。あれから一時間近く経っている。

（びっくりした。そんなに時間が過ぎていたなんて）

　空はまだ青空で、景色からは時間の変化は感じられなかった。紫さんの存在を忘れていたということはないのだけど、これはしくじったか。

（まだ続ける？）

もしかしたら紫さんは、しばらく前から僕に声をかけようとしていたのかもしれない。問いかけたものの切り出し方を迷っているような表情を浮かべていて、ここは話をするべきだと判断した僕は、すぐさまスケッチブックを閉じて彼女のほうに体を向けた。

（少し休憩するよ）

僕がそう伝えると、紫さんは嬉しそうに笑って向きを変えるように座り直した。彼女の笑顔には自然と引き寄せられる魅力がある。

（直久くんのこと、教えてほしい）

どうやら先日の自己紹介の続きを求められているようだが、何を話せばいいのかすぐにはわからなかった。だから僕は、右手の人差し指を立てて、胸の前で二度左右に振った。

簡単な動作で「なに？」と尋ねることができるこの手話はとても使い勝手がいい。

（歳はいくつ？　お仕事は何をしてるの？）

聞かれたことに答える形で自己紹介を進めさせてもらうことにした。なるべく手話で表現していきたいけれど、難しくなったらスマホを使って文字で見せるようにしよう。

（歳は二十七。高校で美術の先生をやってた）

僕の答えに対し、紫さんは困惑していることがよくわかる表情に変化した。手話は間違えていないはずだ。

（やってた？）

やっぱり気になるのはそこか。おそらく年齢は見た目とのギャップはないはずだから。

（三月に辞めたの）

（どうして？）

返事に戸惑った。手話が出てこなかったのはもちろん、なんて言ったものかと思った。

（　　　　）

僕が答えづらそうにしたからか、紫さんは慌てた様子で何かを言った。表情から察するに、きっと「無理に聞こうとは思っていない」というような感じだと思う。

この場で本当のことを言う必要はないだろうから、とりあえず簡単にでも答えておこう。そう思った僕は、スマホを取り出して文字で返事をした。もうちょっと粘りたかったが、致《いた》し方《かた》あるまい。

『自分を見つめ直したかったから』

僕の返事に対し、紫さんは聞いたことを後悔するように肩をすくめた。無理もない。ただ単にコメントに困ってしまったのだろう。

（どうして手話ができるの？）

話題を簡単に変えられるのは手話のいいところかもしれない。間合《まあ》いを気にすることなく次の質問をされたので、僕も切り替えて対応する。できるところは手話で、ただ不安はあるから、口を動かすことも忘れない。

（きっかけはドラマ）

（ドラマ？）

（そう。大学一年生のとき）

（ドラマで手話覚えたの？）

（ちょっとね。ちゃんと勉強したのは……）

（しゃべってくれれば、唇を読むよ）

嬉しい心遣いだと思ったけれど、短い言葉で説明できそうにないと思ったから、僕は笑顔でうなずいてみせてから、スマホをかざす。紫さんはちょっと残念そうにしていたけれど、僕に時間を与えてくれた。

ドラマからは日常会話でも使えそうなものを真似たぐらいで、その先の経緯《けいい》を説明するためには、僕の過去をちゃんと話す必要がある。これはちょうどいい自己紹介にもなりそうだ。

『教員免許を取るにあたって、特別支援学校に実習に行く機会があったんだ。それで僕は、たまたま聾《ろう》学校に行くことになったの』

先生の練習をする教育実習とは違って、そこでは生徒指導などは行わず、子どもたちと一緒に過ごすことが主な目的だった。二日という短い時間ではあったけれど、貴重な経験ができたと思っている。

（そこで手話を習ったの？）

『ううん。必要かと思って自分で勉強したんだけど、実際はある程度の音は聞こえる子たちだったから、普通に会話できた』

長い文になると、スマホで文字を打ち込むのにも時間がかかる。だからといって手話では伝えられそうもないし、なんだかすごく申し訳ない。

（それでも、今はこうして私と手話ができてるよね）

（先生になるなら使えたほうがいいかと思って。基本レベルはがんばって覚えた）

紫さんは嬉しそうに僕の手話を読み取ってくれるけど、手話で話せて嬉しいのは僕も同じだ。いつか必要になるかもしれないと、教職に就《つ》いてからも定期的に思い出すようにしていたから、実践する機会を得られてよかったと、不謹慎《ふきんしん》ながらそう思ってしまう。

（ねぇ、どんな絵を描いてるの？）

再び話が変わった。普通の会話がそれほど上手じゃない僕にとって、手話では何も言わないでいても自然に話が進むので気持ち的に楽だった。なんて、これも不謹慎だろうか。

（そんな、見せるようなものじゃないけど）

（見せてよ）

断るつもりはなかったが、断らせるつもりもないようだ。僕はさっきまで使っていたものとは別のスケッチブックを取り出して、その中から一枚の絵を見せる。

スケッチブックを両手で持った紫さんは、ぴたりと動きを止めて五秒ほど、その絵をじっと見つめていた。どんな感想を持ってくれたのかがまったく読み取れず、不安な気持ちになる。

すると、紫さんは僕に目をくれることなく次の紙をめくっては食い入るように見つめ、それからさらに次々と紙をめくっては同じようにじっと僕の絵を眺めた。

そんな紫さんを僕は黙って見ていたわけだが、最後のページを見終えた直後、紫さんは瞬時に体の向きを変えて、色めきたったような表情でこう言った。

（すごい！）

そんなはずはないのだが、声が聞こえてきたような気がした。それくらい勢いよく紫さんは僕の絵をほめてくれたのである。

（ありがとう）

（私、感動しちゃった。　　　　）

僕のお礼の言葉は届いていないのか、紫さんはなおも前のめり気味になって次々と手話を繰《く》り出してきた。僕は途中から速すぎて全然読み取れなくなっている。

（待って）

紫さんの手話を遮るように僕が手を動かすと、紫さんは手だけでなく全身の動きを止めて、せわしく姿勢を直したあと、大きく深呼吸をした。スケッチブックは紫さんの膝の上に乗ったままだ。

落ち着きを取り戻したのか、紫さんはスマホを手に取ってものすごい勢いで文字入力を進めていった。横顔でも目が輝いているのがわかる。

『一瞬で引き込まれるっていうか、心を奪われるってこういうことなんだって思った。特に最初の絵！　直久くんの絵はすごいよ！』

思っていた以上の賞賛《しょうさん》の言葉を受けて、僕はすぐに反応することができなかった。それは手話だからではなく、単純になんて言ったらいいのかわからなかっただけだ。

照れ笑いを浮かべるだけの僕が何も言えないでいると、紫さんは再びスケッチブックを手に取って、最初に見せた絵をもう一度開いた。恍惚《こうこつ》としたその様子に、僕はやはりかける言葉を見つけられないでいた。すると、

（これ、駅前だよね？）

紫さんから絵に関する質問が出た。これならすぐに答えられると、僕はゆっくりと手を動かした。

（すごい。よくわかったね）

この絵は、ここから一番近い駅の冬の風景だ。イルミネーションを色鉛筆で表現してみたくて、寒い中通い続けて描き上げた渾身《こんしん》の一枚だ。

（ねぇ）

手に持った絵を見ながら、片手で僕に呼びかける紫さん。僕の顔を見ていないから、どうやって受け答えをしたものか困る。

（こんなのあったっけ？）

僕の反応を待つことなく、紫さんは絵の中のある部分を指さしてからそう言った。

（よく気づいたね）

（どういうこと？）

まさかこの話をすることになるなんて。いや、もしかしたら僕は、この話がしたくてこの絵を最初に見せたのかもしれない。

（ここにあったのは星だよね）

（だけど、これは月だよね？）

絵の中央に描かれたクリスマスツリーのてっぺんには、実際には大きな星のオーナメントが飾られていた。

しかし、僕が描いたのは三日月だ。絵の中ではそれほど目立たせたつもりはないのだが、こんなに簡単に見抜かれるものなのか。

（星よりも月のほうが好きだから）

僕の答えが求めているものと違ったのだろう。ややあって紫さんは首を斜《しゃ》に構えたので、続けて僕が話すことにする。

（僕はね、嘘《うそ》つきなの）

（嘘つき？）

（そう。どんな絵にも、必ず一ヵ所、実際と違うものを描くようにしてるんだ）

またしても、紫さんは黙って僕の顔を見つめるだけだった。何も言っていないのに「どうして？」と聞かれているような気がしてしまうから不思議だ。

だからだろう。僕は聞かれてもいないことに答えるために、スマホを手に取って文字入力を始めた。紫さんは変わらず僕の口元をじっと見ている。

『こうしておけば、本物を再現しきれていないって言われても、言い訳になるから。実際に本当に細かいところまで忠実に描けてるなんてことはないし』

説明を終え、スマホをベンチに置く。僕が動きを止めるのを待って、紫さんは控えめに手を動かした。

（でも、すごく上手だと思うよ）

（ありがとう）

さっきまでの元気のよさは影を潜《ひそ》め、紫さんはかける言葉を失っているように見えた。それならばと、僕はここぞとばかりに自分のしたい話をすることにする。

『日常生活でも、意図《いと》せず嘘をついちゃうときってあるじゃない』

ここから先はしばらくスマホを頼りにさせてもらうことになりそうだ。この話を手話で表現できるとは思えない。

(どういうこと?)

紫さんは真顔で手話を使った。真剣な表情の中にも、不安の色がにじみ出ていると思った。

『前に言ったことと違うことを言っちゃったり、そうだと思って言ったことが実際は違ってたり、言ってることとやってることが違ったり』

先生として子どもたちの前で話しているときによく思うことだ。

連絡事項が以前のものと変わってしまうことはままあって、これは嘘じゃないけれど、子どもたちからは「前と言ってることが違う」という指摘を受ける。積極的に嘘をつくことはなくても、結果として嘘をついているということだ。

こんな感じのことをスマホの画面を使って伝えようとしたけれど、なるべく速く打とうとあせってしまい、何度も入力ミスをしてしまった。紫さんは決して急《せ》かそうとはしていないのに。

(それは、嘘つきとは違うんじゃない?)

ようやく打ち終わった画面の文字を読むやいなや、紫さんは困ったような悲しそうな表情を見せて手話でそう言った。どうしてそんな顔をするんだろう。ここは笑って受け流してくれればよかったんだけどな。

『もちろん悪意はないし、わざとじゃないよ。でも、「自分はよく嘘をつく」って前もって言っておけば、少しは気楽になれるかなって』

要するに保険というか、一種の自己防衛のつもりなのだが、紫さんはちょっと違う解釈《かいしゃく》をしているのかもしれない。悲しそうにうつむかれてしまっては、これ以上何も言えなくなってしまう。

（よくわからない）

ちょっと不機嫌《ふきげん》そうだった。不要な話をしてしまったかと反省しつつ、詫《わ》びる気持ちを込めて手話を作る。きちんと気持ちを伝えたいときは、スマホじゃなくて手話を使いたい。

（気にしないで。ごめんね、嫌な気持ちにさせちゃったかな）

（　　　　！）

僕の手話に対し、紫さんはやや食い気味に反応した。気持ちが昂《たかぶ》ったときに繰り出される手話はだいたいが僕には読み取れない。きっと彼女の本当に伝えたい言葉のはずなのに。それがなんだかすごく悔しかった。

（ごめんね）

僕がもう一度謝ると、紫さんは首を振って座り直すだけで、もう一度手話をすることもなければ、スマホを取り出すこともなかった。いったいなんて言ったんだろう。

沈黙がしばらく続き、気まずい空気が漂《ただよ》う。原因は間違いなく僕だから、僕がなんとかしないと。

（ねぇ）

目を伏せている紫さんに見えるように手を振って呼びかける。紫さんは両手を膝に乗せたまま、こちらを向いてくれた。

（今度は紫さんのことを教えてよ）

下手《へた》な話題転換だとは思ったが、これ以外に思いつかなかった。僕の話は終わらせて、紫さんのことを知りたいというのは、まぎれもなく本心なのだ。

僕の問いかけに対し、ゆっくりとした動作で（わかった）と示した紫さん。今度は僕が聞く番だ。

（私は二十歳《はたち》で、大学三年生。今はお姉ちゃんと一緒に暮らしてる）

なんと、学生だったとは。

何も情報はなかったはずなのに、なぜか勝手に社会人だと思い込んでいた。言われてみれば年相応にも見えるけど、やはり人の年齢を見た目で判断するのは難しい。

（中学生のときに事故に遭《あ》って、そのときに両親と聴覚を失った）

軽はずみに聞いていいことじゃなかった。返す言葉が見つからない。

（そんな顔しないで）

いったい僕はどんな顔をしていたんだろう。ためらいがちではあるけれど沈んだ様子はなく、紫さんはもとの明るさを取り戻したように見えた。

（趣味は本を読むことで、小説を読むのが好き）

笑いかけて、紫さんはさっきまで読んでいたと思われる文庫本を見せてくれた。僕の知らない作品だった。

（それは、どんなお話？）

久しぶりにスムーズに手話が使えて、ようやく落ち着けた気がした。僕の様子に安心してくれたのか、紫さんは笑顔をそのままに次の手話を出す。

（これは――）

具体的な本の内容を説明してくれているのだろう。部分的にわかる単語はあっても、正確に意味を理解するには至らない。

（ごめんなさい。よくわからない）

僕は手話とは別に両手を頭の上で合わせて、大きめに意思表示をする。紫さんは薄く微笑んでスマホを操作し始めた。

紫さんの説明によると、これは出版社を舞台にしたいわゆるお仕事小説で、新人作家の小説に魅力を感じた販売部の主人公が、作品を懸命に売り込む様子を描いたものだそうだ。

本が店頭に並ぶまでの仕組みがよくわかってとてもおもしろかったと、紫さんは熱っぽく話してくれた。その仕組みに興味がわいたけれど、そこを深掘りするのはためらわれた。

（私もね、本を読むときに気にしてることがあるんだ）

僕の絵の描き方に関連付けてくれようとしているのか、紫さんははにかむように笑って、いそいそと手を動かした。手形以外のところから、なるべく紫さんの気持ちを推《お》し量《はか》れるようにしたい。

僕がすぐに（なに？）と聞くと、紫さんは少しだけ間をおいてこう言った。

（声を想像しながら読むの）

目元をうっすらとピンクに染めた彼女の照れ笑いは、見ているだけで優しい気持ちにさせてくれた。こんな気持ちになったのは久しぶりだと思った。

（楽しそう）

僕のこの手話に対し、紫さんは今までにないくらいに破顔《はがん》して（ありがとう）の手話を作った。きっと僕がここ一番の笑顔を見せられたからに違いない。

（私はね、　　なんだよ）

またしてもいい笑顔だった。

それなのに僕は、肝心なところが読み取れない。

（ごめん……）

今回は謝るだけでなく（もう一回言って）を付け加えた。ここは聞き直すべきだと思った。

（ちょう、てんさいの、せいゆう）

僕のお願いに、今度はいたずらっぽい笑顔を見せて紫さんは、大きめの動作で指文字を僕の目の前に作った。一文字ずつ丁寧《ていねい》に、はっきりと。

「超、天才の、声優？」

ここは唇を読んでもらうしかないと、僕は手話を使わずにひとつひとつの単語をゆっくりと声に出す。うまくいったのか、紫さんはにこりと笑ってうなずいてくれた。

『どんな登場人物の声も、私は頭の中で演じられるの』

僕には理解できない手話だと思ってくれたのだろう。紫さんは素早く文字入力を終えてスマホの画面を見せた。

（楽しそう）

（さっきと同じ。本当にそう思ってるの？）

（本当だよ。僕には真似できない）

早くも僕が嘘つきであることが定着してしまったのか、正面から疑われてしまい、僕は戸惑いながら手話を返した。そんな僕に紫さんはふっと笑うだけで、それ以上の会話は続かなかった。どうやら読書の件もこれで終わりのようだ。

まだまだ話を続けたいと思った僕は、穏《おだ》やかな表情で広場を眺めている紫さんに、横から呼びかけることにした。

（今日は、一人なの？）

割と長い時間ここで話しているのに、お姉さんの姿が見えない。そのことに気づいた僕は、深く考えずに聞いた。

(そう。一人でも平気だよ)

紫さんはどういう症状で、どういう治療を受けているのだろう。

聞こえ具合とか回復の見込みとかも気になるけれど、さすがにこれは踏み込みすぎか。

(お姉ちゃんは　　　　なんだよね)

(か、ほ、ご)

手話では難しい言葉を、紫さんはすぐに指文字を作って教えてくれた。過保護――三文字くらいならこれが一番手っ取り早い。

(でも、仲良さそうに見える)

(仲はいいよ。大切な家族だもん)

言葉に反して少しだけ表情を曇らせた紫さん。他の友達のこととか、そういった交友関係を聞くことはできそうもない。

(お姉ちゃんはさ、私のためにがんばってくれてる。でも、それが申し訳ないんだよね)

なんとなく言いたいことはわかった。それでも僕は、あえて何もわかっていないふうに(どうして?)とだけ尋ねた。

(私のせいで、いろんなことを諦《あきら》めてるんだと思う)

僕からは聞きにくい話だと思ったが、紫さんから話してくれるのなら聞きたかった。余計なお節介《せっかい》かもしれないけど、何か力になれればいいなと思った。

『お姉ちゃんが大学二年生のときに私がこうなって、それからはずっと私の面倒を見てくれてる。本当はきっと、やりたいことがいっぱいあったんだと思う』

紫さんは手話を使わずに、スマホを使って話し始めた。僕はその画面を見て黙ってうなずくだけだ。

『今のお仕事だって、たぶん自分の夢だった仕事とは違うだろうし、彼氏つくったり友達と遊びに行ったりだってしたいはずなんだよ』

言われて翠さんの顔を思い浮かべる。賢《かしこ》そうな人だったし、友人も多そうな気がした。

『私がそう言っても、お姉ちゃんは「気にしないで」って言うの。私のことは全然負担なんかじゃないって』

ありがたい言葉だ。そしてきっと本心なんだろう。初めて会ったときのあの感じ、妹のことを本当に大切にしているはずだ。

『もちろん私だって嬉しいよ。お姉ちゃんがいなかったら今の私はいない。私はお姉ちゃんが大好きだし、ずっと一緒にいたい』

それでいいと思う。翠さんもきっとそれを望んでいるんじゃないかな。

「…………」

そこまで話して、紫さんの手が止まった。何か言ったほうがいいのかとも思ったけど、紫さんは手元のスマホを見ているから、僕からは何もできない。

すると、紫さんは何か閃《ひらめ》いたように表情を明るくさせて、スマホの画面と一緒に体を近寄らせた。思わぬ急接近に、たまらずたじろいでしまう。

『直久くんの連絡先教えて』

そうか、その手があった。どうしてもっと早く気づかなかったんだろう。なるべく手話で話したいと思っていたからか。

筆談《ひつだん》をするなら、メモアプリを見せ合うのではなくメールなり何なりを使ったほうが楽だ。そんなわけで、僕たちは二人とも使っているSNSアプリを用いて、連絡先を共有することにした。

『改めて、よろしくね』

笑顔の絵文字と一緒に送られてきたこのメッセージに、僕は『こちらこそ』とだけ返した。絵文字を使う習慣はないので、ここは合わせてあげられない。

『さっきの話、続けてもいい？』

翠さんの話が途中で終わっていたから、続きが聞けるとわかって僕は安堵した。すぐに『うん』と返す。

『私は大学を卒業したら一人暮らしを始めたいと思ってるんだけど、どう思う？』

難しい質問だった。僕自身の考えを答えることはできるが、知り合ったばかりの僕なんかが意見していいことなのだろうか。

『お姉さんのことを気遣って、というのだけが理由なら、あんまりおすすめできないかな』

それでも僕は、正直に答えることにした。これでも教育現場に身を置いていたんだ。同じような相談は何度も受けてきたし、少しくらいは役に立てるだろう。

『どうして？』

短い言葉とはいえ、返事が早かった。それほど真剣ということだろう。僕もちゃんと向き合って答えなければ。

『あくまで個人的な意見だけど、大学を卒業してすぐに家を出るっていうのは、そうするしか方法がない人の選択だと思うんだよね』

紫さんがどういう職種に就きたいのかはわからないけれど、一人暮らしがしたいからという理由で遠くの会社を志望することはないだろう。まだ三年生の春なんだから、家を出なくて済むような就職を目指すことはできるはずだ。

『それは、私の耳が関係してる？』

『あ、ごめん。そのことはまったく考えてなかった』

僕の返事が予想外だったのか、紫さんはスマホの画面ではなく僕の顔をじっと見ていた。純真そのものの無垢《むく》な顔がとてもかわいらしくて、僕は思わず笑ってしまった。

（どうして笑うの？）

スマホを置いて手話を使う紫さん。やっぱり手話のほうが気持ちはこもる。頬《ほお》をほんのりと紅く染めてムキになったような表情が、それをわかりやすく示してくれている。

僕は小さく首を振ってからスマホを置き、（なんでもない）という手話を見せた。笑った理由を正直に伝えるわけにはいかないから、話を進めさせてもらう。

（僕にはわからないから）

（なにが？）

（音が聞こえない人の暮らしが）

配慮に欠ける言葉なのかもしれないけど、僕の真意が伝わればわかってもらえるはずだ。だから僕は、ためらうことなくそう言うことができた。

（ただそれだけだよ。他のことは普通にできるし）

（そうだよね。そうだと思う）

今度は何も言わずに首をかしげる紫さん。

マンガだったら吹き出しに〝？〟マークだけが出ている感じだ。僕は続けて手話を見せる。

（音が聞こえないことなんて、その人のひとつの特徴みたいなものでしょ）

（どういうこと？）

できれば手話で返したかった。だけど、この質問に手話で答えられる気がしない。僕はやむなくスマホを手に取る。

『僕は料理が下手だし、高級なものを食べてもそのよさがよくわからない。それと似たようなものでしょ』

（……そうかな？）

『生きていくうえで少し困るけど、そのせいで生きていけないなんてことはないよね。普通に買って食べればいいし、安くてもおいしいものはいっぱいある』

紫さんはピクリともしなかった。納得《なっとく》はできていないだろうけど、反発する様子でもない。もう少し続けさせてもらおう。

『音が聞こえないことなんて、食べることは好きだけど料理ができないとか、きれいな海の近くに住んでるけど泳げないとか、そういう感じでちょっと苦手なことがあるくらいのものだと思うわけ』

さすがにそれは言いすぎだよ。

そう言いたげに見えたけれど、紫さんは微《かす》かに微笑むだけだった。

手話を使う人だからか、表情から気持ちが読み取りやすい。なんて、本当にそう思っているのかどうかはわからないけれど。

『誰にだって苦手なことはあるよね。それもひとつやふたつじゃなく、たくさん。僕は視力だって低いから、コンタクトがなかったらかなり生活力が低下するよ』

これは前から思っていたことだ。視覚障害の人と同じにしちゃいけないんだろうけど、裸眼《らがん》の僕はうまくできないことが多い。

『美術の授業だって、音が聞こえなくてもできると思うんだよね。黒板とかプリントに上手に絵を描いたり作品をつくったりするためのポイントを書けばいいし、実際に作品を見て感想を言ったりアドバイスしたりするのだって筆談でできる』

現に、紫さんは音が聞こえない状況で高校や大学に通っているはずだ。困ることはあったとしても、授業が受けられないということはなかったのだろう。

僕の言ったことを想像してくれているのか、黙ったまま考え込む様子の紫さん。気持ちはだいぶ落ち着いたようだ。

『とにかく、生きるか死ぬかの問題以外は全部似たようなものだと思うよ。誰かにサポートしてもらわなきゃ、人は生きていけないよ』

(直久くんの言いたいこと、少しはわかった)

少しでもわかってくれたならよかった。僕は安心して次の言葉を手話で返す。

(僕も紫さんも、似たようなものだよ)

だから一人暮らしをする、しないに聴覚のことは関係ない。そう伝わればいいと思ったのだが、ちゃんと伝わっているのだろうか。

(それで、どうして家を出るのはおすすめできないの？)

紫さんの表情はもとの柔らかなものに戻っていた。それと同時に彼女が纏《まと》う空気も暖かくなったような気がして、僕は気を楽にして続きを話すことができた。

（一番の理由は、お金）

（お金？）

（そう。お金が貯められない）

僕がそうだが、生活費だけでなく税金や年金の支払いなども含めると、毎月の収入はほとんど残らない。趣味や食生活を制限したところで、雀《すずめ》の涙ほどしか貯まらないのだ。

（他には？）

（時間がない）

（時間？）

（そう。家事と仕事、職場への往復で一日の大半が終わる）

これは僕の能力が不足しているだけなのかもしれないが、とにかく時間がない。何年もやっているのに炊事《すいじ》や掃除に結構な時間を費やし、食事と入浴と仕事の準備で一日が終わる。平日は家と職場の往復しかしないし、家にいても何もしていない時間はほとんどない。

こんな感じのことを、ＳＮＳのＤＭ機能を使って僕は説明した。つまらないメッセージをいくつも送り付ける形になってしまったけれど、紫さんは一度も顔を上げることなく最後まで読んでくれた。そして、そっとスマホを置いて、僕に向かって手話を繰り出す。

（大変そう……）

そう、大変なのだ。自由だとか気楽だとかそういう思いができると思ったら大間違いである。

これは音が聞こえるかどうかは一切関係ないだろう。

未来ある若者にあまりにも悲しい現実を突きつけているようで罪悪感はあるが、これは先生としてではなく人生の先輩としての意見だ。こういう体験談は聞いておいて損はないと思いたい。

(家事はしてる?)

(料理はあんまりやらないけど、それ以外はやってるよ)

(それなら、僕ほど苦労はしないかも)

僕は学生でいるうちはとにかく親に頼りっぱなしだった。一人暮らしをすれば生活力は自然に身に付くけれど、それは別に一人暮らしでなくてもできるはずだ。

(やっぱり、家を出るのはやめたほうがいいのかな……)

(難しいね)

急いで結論を出す必要はないだろうから、これだけ言って紫さんの反応を待つことにした。

紫さんはしばらく黙り込み、それから視線をふと遠くへ放《はな》った。少し考える時間があってもいいだろうと、僕も同じように前を見て、改めて紫さんの一人暮らしについて考えた。

今のところ、積極的に一人暮らしを推奨《すいしょう》する理由は見つからない。まだ一度しか話していないけれど、翠さんが妹をとても大切にしているという気持ちは伝わったし、負担なんかじゃないと言っているのも、心からの言葉だろう。

それでも、紫さんが姉を思う気持ちも、わからなくもない。甘えてばかりじゃいられない、今まで苦労をかけた分、これからは自由にしてほしいと願うのも、偽《いつわ》りのない気持ちだろう。

（お姉さんには話してあるの？）

あまり沈黙が長引くのもよくないかと、僕はなるべく明るい表情をつくってから、彼女の顔を覗《のぞ》き込むようにして問いかけた。

（まさか。そんなこと言ったら絶対に止められる）

そうだろうな。それがわかっているから言い出せないのだろう。それでも、本格的に就職活動を始める前に話しておくべきなんじゃないだろうか。

姉妹の問題に外から口を挟《はさ》んでいいものかと僕が迷っていると、紫さんはとびっきりの冗談を思いついたような笑みを広げて僕を見た。吹き出しに明るく灯った豆電球が表示されているようなその様子に、僕は否《いや》が応《おう》でも（なに？）と聞くしかなかった。

（直久くんに話してもらおう！）

（……何を？）

すごくいい笑顔で言うものだから、僕はついつい身構えてしまった。こういうときは思いがけない言葉が飛んでくるものだと、先生の仕事を通じて経験済みなのである。

（いろいろ）

どうやら腹案《ふくあん》がいくつもあるらしい。何を企《たくら》んでいるのかはわからないけれど、とにかく僕が立ち入ってもいいらしい。

(僕にできることなら)

(本当? 言ったね?)

あれ、断ることはできたのか。そんな選択肢は与えられていないものだと思っていた。もちろん断るつもりもないのだが。

僕が黙ってうなずくと、紫さんは(すぐに予定を調整して連絡するね)と言ってつと立ち上がり、(今日は帰るね)と付け加えて駆け出していった。

いきなり走ると危ないよと言おうにも、後ろ姿に声をかけても聞こえないんだと、声を出す直前に気づいた。

せめて姿が見えなくなるまで見送ろうとその背中を見つめていたら、紫さんは突然立ち止まって振り返った。

何かと思って見ていると、こちらに向かって大きく手を振って、それからまたすぐに向きを変えて走り去った。僕が振り返した手は見てくれたのだろうか。

もともと僕の声しか出ていなかったとはいえ、本当に一人になると途端《とたん》に静かになった気がした。西に傾きかけた太陽によって風景にも変化が出てきたので、絵の続きを描くこともできない。

そうなると一人でここにいてもしょうがないので、僕はそそくさと道具を片付け、ここから離れることにした。

思わぬ形で紫さんと再会できて、連絡先を交換することもできた。どうやらまだ続きがありそうだし、今度は翠さんとも会えそうだ。

それはとても嬉しいことだけど、今の僕は素直に喜ぶことができない。複雑な思いを抱えて家路《いえじ》に就《つ》いた。


その日の夜、早速紫さんから次の話が舞い込んだ。

翠さんは今度の日曜日なら時間が取れるらしく、都合はどうかと聞かれた。

僕は現在無職だし、積極的に新しい仕事を探すつもりもないので、二つ返事で了承《りょうしょう》した。すると紫さんから時間と場所を指定するメッセージが届き、あっという間にスケジュールが決まったのである。

その事務連絡以降も紫さんからのメッセージが途絶えることはなく、僕は絵について様々なことを質問されることになった。

描く場所はどんなふうに決めているのか、描くときに気を付けていることはないか、一枚描くのにどれくらい時間がかかるかなど、まるで取材を受けているような気分になった。

それらの質問にひとつずつ丁寧に答えていた結果、ほぼ毎日のように紫さんとやり取りをすることになった。まじめな話ばかりだったけれど、それでも楽しかった。

そして次は翠さんと会うことになり、僕は自然と印南姉妹について考えることが多くなった。嫌だなんてことはもちろんないけれど、僕はいったい何を話せばいいのだろう。

紫さんの一人暮らしの是非《ぜひ》について話すのだろうか。まだ一度しか顔を合わせていない相手とそんな話ができるのか。先生をやっていた頃の保護者面談とは違う気がするのだ。

それに、紫さんはその場に同席するのだろうか。いてくれたほうがありがたいとは思うけど、そうなるとしたい話ができなくなるような気もする。

紫さんには何か腹案があるような感じだったし、すべてまかせればいいのだろうか。

一人で考えても埒《らち》が明かないと思った僕は、このことについてこれ以上は考えることはせず、おとなしくその日が来るのを待つことにした。

3

約束の日、僕は集合時間より一時間早く到着するように待ち合わせ場所に向かった。理由は簡単で、絵を描くためである。

紫さんに指定された場所は僕たちが最初に出会った場所、つまり病院の広場だった。変にオシャレなカフェとかに連れていかれるより気楽だから、何の文句もない。

描きかけの絵に少しずつ色を加えながら、二人を待つ。こうしていればきっと、知らない間に約束の時間になっているのだろう。

今日もとてもいい天気で、長袖シャツでは少し暑いくらいだった。作業にも熱が入り、たまらず腕まくりをしようとスケッチブックをベンチに置いたそのとき、横から人影が近づいてくるのに気づいた。

「こんにちは」

声が聞こえたと思って顔を上げたら、そこにいたのは翠さんだけだった。少し周囲を気にしてみたけれど、紫さんの姿はない。

「こんにちは……。あれ、おひとりですか？」

僕のこの質問に、翠さんは可笑《おか》しそうに目を細めて肩を揺らした。肯定と捉《とら》えた僕は、翠さんに倣《なら》って無言で微笑み返す。

「きっと絵を描いてるだろうから、見せてもらいなって」

そこも織り込み済みだったのか。どうやら最初から紫さん抜きで話をさせるつもりだったらしい。

「えっと、とりあえず、お座りください」

女性を立たせたまま話を続けるわけにはいかない。前回の反省を踏まえて、今日は最初からベンチの半分は空けておいたのだ。

僕の言葉を受けて小さくうなずいた翠さんは、紫さんとは違ってゆっくりとした動作で静かに腰かけた。その所作《しょさ》もさることながら、ほのかに甘い香りがした気がして、上品さを感じた。

「今日はわざわざ来てもらってすみません。妹がご迷惑をおかけします」

僕が言葉を出しあぐねていると、翠さんは困ったように笑ってそう言った。今回は手話じゃなくて口頭《こうとう》でのやり取りだ。こっちのほうが慣れているはずなのに、僕はどうしてか戸惑ってしまう。

「い、いえ、迷惑だなんてそんな。こちらこそ、せっかくの休日なのにお時間いただいてしまいまして……」

そうは言ったものの、この会合がどういうものなのか、未だに僕はわかっていない。僕も翠さんも呼ばれた側のはずで、主催者がこの場にいないのだ。

「絵を描いていらっしゃるんですね」

翠さんは段取りを教え込まれているのだろうか。先程の困った様子からは一転、余裕のある微笑みを見せながら、僕の手元にあるスケッチブックに目を落とす。

「あ、はい。唯一の趣味といいますか……」

「見せてもらってもいいですか？」

どんな話をすればいいのか、考えたところで僕にはわからない。それなら流れに身をまかせるしかあるまいと、僕は足元に置いていたもう一冊のスケッチブックを手渡した。紫さんに見せたものと同じだ。

「わぁ……お上手ですね。紫が言ってました。すごく上手だから絶対に見せてもらったほうがいいって」

「ありがとうございます」

照れを隠せずにいる僕に、絵から視線を外した翠さんが笑いかける。

「ここ最近はほぼ毎日、常盤さんの話を聞きます。あんなに楽しそうな紫を見るのは久しぶりでした」

「え、そうなんですか？」

「はい。あんまり常盤さんの話ばかりするものですから、軽く嫉妬《しっと》してしまうくらいです」

僕が聞きたかったのはそっちじゃなくて、楽しそうに話すことが久しぶりというところだった。表情豊かな紫さんだから、きっと家でも僕に見せてくれたように明るく振る舞っているものだと思っていたのだ。

翠さんは優しい笑顔と口調だったけれど、僕はどう反応したらいいのかわからなかった。そんな僕が曖昧《あいまい》な笑顔を返すと、翠さんは再び絵に視線を戻し、艶《つや》やかな微笑みを浮かべてつぶやく。

「本当にすごいです。見ているだけで温かい気持ちになれます」

それからしばらく、翠さんは次々とページをめくって僕の絵を眺めていた。紫さんと違って、ひとつひとつにかける時間は短かった。僕はその穏やかな横顔を黙って見守る。僕には人物画は描けないけれど、絵になる横顔だと思った。

　そんなとき、翠さんはぴたりと手を止めて、急にまじめな顔になった。手元の絵を覗き込むと、それはこの近くにある川沿いの道から見える風景を描いたものだった。季節は春で、青空と川と草木の色付けが自分でもうまくいったと思っている。

「これ、どこだかわかりますか？」

「……いえ、わからないです。すみません」

　紫さんに見せた駅前の風景と違って、この絵には特定の場所を想起《そうき》させるシンボルのようなものはない。だから翠さんがわからなくてもいたって普通のことなのだが、こうも申し訳なさそうな顔をされてしまうと、聞いた自分が悪かったと思わざるを得ない。

「この近くにある川なんです。僕の家がそこから近くて」

「あぁ、そうなんですね。言われてみれば、こんな景色も……」

　途中で話すのをやめた翠さん。口元に手を当てて、不思議そうに首をかしげている。

　まさか、この人にも嘘が見抜かれるのか。

「どうしました？」

「すみません、ちょっと気になることがありまして」

　この反応、おそらく僕の嘘を正確に見抜いている。僕が思っているほど隠せていないということなのだろうか。

「どうぞ、遠慮なさらず」

紫さんから話を聞いているのかもしれない。別に嘘を見つけてほしいとは思っていないし、隠し通すつもりもない。翠さんの返事に委《ゆだ》ねよう。

「……はい。桜の花が咲いているから、季節は春ですよね」

「そうですね。これは去年の春に描きました」

「では、こちらにある花は……」

「すごい。よくわかりましたね」

紫さんにしたときと同じような反応になってしまったが、今回はクリスマスツリーの星ほどわかりやすくはないはずなのだ。

春の風景に僕が紛《まぎ》れ込ませたのは、秋の七草に含まれるカワラナデシコの花だ。花弁の先が細かく切れ込んだ繊細《せんさい》な花で、色鉛筆ならではの細い線が上手に描けたと思う。

全体的に空の青さや桜のピンクなど、淡《あわ》い色が多い絵の中にナデシコの紫は目立ちすぎただろうか。この紫もそうだが、僕はこの花の葉や茎の白っぽい緑色が好きなのだ。

「これ、ナデシコですよね。本当に咲いていたのですか？」

どうやら紫さんから僕の絵の嘘については聞いていないようだ。考え込むようにして僕に目もくれない翠さんに、僕は絵の特徴についての説明をする。

「――そういうことですか。桜の花とナデシコが一緒に見られるなんて、ちょっとびっくりしてしまいました」

意図的にそこには存在しないものをひとつ描き入れるようにしているとだけ言って、嘘つきの件は言わないでおいた。そのためか、翠さんが僕のこだわりに疑問を抱くことはなかった。

「お花には詳しいんですか？」

今度は僕から質問をすることにする。絵の違和感に気づくだけでなく、この花をナデシコとすぐに言い当てられるくらいだから、きっと道端の草木には詳しいのだろう。

「詳しいというより、好きなんです。小さい頃から、よく外に出てお花を見ていました」

その隣には紫さんもいたのだろうか。してもしょうがない想像をしつつ、僕は続けて質問を重ねる。

「もしかして、お花屋さんで働いていたりとかします？」

ストレートに職業を尋ねる勇気はなかった。

紫さん曰《いわ》く不本意な仕事をしているはずだから、おそらく違うと思いつつも、こう聞くのが正解だと思った。

「あはは、お花屋さんで働いてみたいっていう気持ちは確かにありますけどね。今の私はただの会社員ですよ。事務職です」

事務職を悪く言うつもりはないが、この人はもっと華やかな仕事が似合うと、率直《そっちょく》に思った。

それこそ、花屋さんなんてお似合いじゃないか。紫さんの見立ても間違っていなさそうだ。

「僕が美術の先生だったっていうのは、聞いてますか？」

相手の仕事について聞いたのだから、自分の話をしないのはフェアじゃないと思った。紫さんの名前は出さずにそう尋ねると、翠さんは神妙《しんみょう》そうに答える。

「……はい。最近辞められたと」

「そんな顔しないでください。トラブルがあったとかじゃないですから」

僕が軽い調子で言うと、翠さんは安心したような顔を見せてくれた。そして、再び僕の絵に視線を落とすと小さな声を出した。

「本当にきれいです。色鉛筆だけで描かれているんですよね」

上手に話を戻すものだと、僕は感心した。再び絵の話になって、今度は僕が質問を受ける番になった。絵に関することなら答えに困ることはない。

「そうですね。昔から色鉛筆が好きなんです」

「何か理由があるんですか？」

「絵の具、というか筆が得意じゃないっていうのが最初です。色鉛筆なら見たままの景色が再現しやすいかなって」

「それ、なんとなくわかります。私も小学生のときから、下書きまではうまく描けても、色塗りをすると台無しになっちゃうっていうか」

「僕も同じです。絵の具って全然思い通りの色が作れないし、描いてる途中で色が変わっちゃうし、本当に苦手でした」

思わぬところで意見が一致し、二人で笑い合うことができた。このときの翠さんの笑顔は今までに見てきたどの笑顔とも違っていて、自然体を感じさせた。

「それ、色鉛筆ですよね。すごくたくさんありますね」

足元に見えるように置いてあった筒状のケースを指さして、翠さんが尋ねた。僕はそれを手に取って見せながら答える。

「今は五十七色あります。あまり使わないものも多いんですけどね」

普通は二十四色もあれば十分だし、多くても三十六色だろう。それでも僕は、どうしても出せない色が見つかるたびに買い足していって、気づけばこの量になっている。

「そんなに……。そちらにあるのも同じですか？」

驚いた表情を浮かべた翠さんは、足元のもうひとつのケースにも言及《げんきゅう》した。あんまり道具の説明をしすぎると引かれてしまうような気もするが、聞かれたからには答えなくてはなるまい。

「こっちも同じ五十七色です。違いはきっと、手に取ってみればわかると思いますよ」

言いながら僕は、もうひとつのケースのふたを開けて翠さんの手元に置く。五十七本ともなれば、それなりに大きくて重い。

「え、触っちゃってもいいんですか？」

「そんな、精密機械とかじゃないんですから」

商売道具でもなんでもない、ただの趣味に使うアイテムだ。芯が折れたって削《けず》ればいいだけの話だし、なくなったらまた買いに行けばいい。

僕が手だけでどうぞと促《うなが》すと、翠さんは恐る恐るというような手つきで一本の色鉛筆を手に取った。

「どうしてその色にしたんですか？」

同じ色の色鉛筆を二本ずつ持つ理由について説明する段だけど、僕は思わずそれを遮ってしまった。翠さんはきょとんとした顔をしている。

「え？　どうしてと言われても、なんとなくとしか……」

やはりそういうものなのか。本人にとっては無意識でも、僕にはきちんと理由があると思った。それを説明するために、もうひとつのケースから同じ色を取り出す。

「これ、翡翠色を作るのに使うんです」

翡翠色というのは、翠さんの名前のように「みどり」と読むくらいだから、緑色の仲間だ。宝石のイメージが強いだろうが、端的《たんてき》にいえば鮮やかな緑色だ。

わかりやすく「翡翠色」という芯があればいいのだが、あいにく僕は見たことがない。色の名前はメーカーによって様々だから、僕の知らないところでは存在しているのかもしれないけれど、僕はふたつの色を重ねることで翡翠色を作っている。

翠さんが手に取った色は、若菜色《わかないろ》という浅くて黄みがかった緑色だ。なんとなくとは言っていたけれど、数ある中からこの一本を選ぶくらいだから、きっと緑系が好きなんだろう。

これと薄荷色《はっかいろ》という、ミント系の中では最も明るくて鮮やかな緑色を重ねると、僕が思う翡翠色が作れる。

翠さんが黙って僕の手元を見ているので、僕は手にしていた若菜色を、スケッチブックの真っ白なページに塗りこむ。その上に薄荷色を重ねて、翠さんにも見やすいようにスケッチブックを動かす。

「これが、翡翠色……」

「僕の感覚ですけどね。ときどき草木にこの色を使います」

「私、初めて見ました。今まではなんとなくこんな感じの色なんだろうなって思ってただけですし、もうちょっと薄い色なのかと思ってました」

「宝石をイメージしているからかもしれませんね。実際、翡翠の宝石って濃い緑から薄い緑まで、様々ですから」

宝石には全然詳しくないのだが、色には詳しい。エメラルドグリーンとかターコイズブルーという表記をお店で見ても、ちょっと大きく括《くく》りすぎなんじゃないかと思う。

「それより、同じ色を二本ずつ持ってる理由ですけど」

「あ、そうでしたね。こうして見比べれば、確かにすぐわかりますね」

自分で脱線させておきながら、強引に話を戻させてもらった。ふたつの違いは僕のこだわりで、色鉛筆ならではの利点だと思っている。

一本は芯を尖《とが》らせていて、もう一方は丸みを帯びさせているのだ。この違いで描き具合は大きく変わる。

こんな感じに説明すると、翠さんは改めてもう一度僕の描いた絵を見つめ、それを遠ざけるようにしてからこう言った。

「この絵は、丸まってる鉛筆で描いているんでしょうか？」

「そうですね。基本的に丸いほうで描き上げます。細かい部分で尖ったものは使っていますけど、あとから重ね塗りをするので、完成時にはわかりにくくなっているかと」

「そうなんですね。私にはよくわかりませんけど、丸みを帯びているほうが柔らかな印象になるような気がします」

そう思ってくれれば十分だ。色鉛筆は柔らかなタッチの絵が描けて、ふくらみや暖かさが出しやすいはずだから。

「ありがとうございました」

僕が色鉛筆を片付け終えると、翠さんはスケッチブックを閉じて僕に寄越した。これで絵の話も終わりだろうか。

受け取ったものをベンチの隅に寄せ、それから少しの間、静かな時間が流れた。次の話題が思い浮かばないのである。

「常盤さんは、絵を描くお仕事はされないんですか？」

間を嫌ったのか、翠さんが口を開く。絵の話と仕事の話を交ぜられたこの質問に、僕は少しだけ困ってしまった。

「それはないですよ。絵は好きで描いてるだけで、仕事にできるとは思えません」

「そうですか。すみません、出すぎたことを」

そんなに申し訳なさそうな顔はしないでもらいたいものだ。僕の言い方が悪いんだろうな。

しかし、これはいい流れだと思った。出すぎた真似のお返しではないが、僕からも質問させてもらうことにする。

「紫さんは、これから就職活動に入るみたいですね」

正式にお願いされたわけではないが、この話はしておくべきなのだろう。不自然な流れではなく切り出せて本当によかった。

「あの子から聞きました？　どんな仕事に就きたいのか、私にはよくわかりません」

それは僕も同じだ。一人暮らしをしたいというだけで、何がやりたいかという話は何も聞いていない。

「僕も具体的には何も。それでも、将来の夢みたいなものはあるんじゃないですか？」

「どうでしょうね。これまでは、あまりそういう話はしてこなかったものですから」

姉妹とはいえ、そういうものなのだろうか。僕は一人っ子だから、兄弟姉妹の距離感というものはよくわからない。

「翠さんからは、どういう仕事に就いてほしいっていう希望はないんですか。もしくは、こういう仕事が向いてそうとか」

「そうですね……やっぱり耳のことがありますから、とにかくそれに対する理解のある職場にってなりますよね」

やはりそうなるか。しかしこれでは話が進まないので、意地悪かもしれないけどもう少し突っ込ませてもらう。

「耳のことを除けば、どう思います?」

「え?」

即座に聞き返された。紫さんにした話と同じになってしまいそうだが、翠さんの意見だって聞きたい。僕はとにかく、耳が理由で選択肢を狭《せば》めるのはまだ早いと思うのだ。

「紫さんにも言ったんですけど——」

音が聞こえないのはそれほどのハンデではないと思う、という話を翠さんにもした。

健聴者が勝手なことを言っているだけだとは思うが、たとえ悪く思われたとしても翠さんにも伝えたかった。

「——はい。それは紫からも聞きました」

僕のこの話を受けても、翠さんは笑顔を崩さなかった。心証《しんしょう》は害していないかと思い、僕も唇を緩《ゆる》める。

「今思えば、無責任な発言でしたね。何か言ってましたか？」

「いえ、むしろ嬉しそうでした。そんなふうに言ってもらえて、心が軽くなったんだと思います」

それならよかった。あのときの態度からも大丈夫だとは思っていたが、翠さんの口からそう言ってもらえてより安心できた。

「それで、どうですか？　その、紫さんの仕事のことですけど」

「耳のことを気にしないでなんて、常盤さんに言われるまでは考えたこともなかったです。もしそうなら、あの子の好きなようにしてもらえればいいと思います」

なんだか保護者面談をしているような感覚になってきた。この意見はもう、姉としてではなく母親としてのそれという感じに聞こえる。

「もし、紫さんが就職を機に独り立ちしたいと言ったら、どうですか？」

いきなり核心に迫りすぎただろうか。そうは思っても、このタイミングで聞くしかなかった。

「……ふふっ。やっぱり紫から何か頼まれたんですね？」

不敵な笑みを浮かべる翠さん。今度は姉とか母親とかそういうものではなく、一人の女性としての強さみたいなものを見せられた気がした。

「あっ、いえ、その……」

「いいんですよ。なんとなく想像はついていましたから」

「……すみません」

何度も見てきた優しい笑顔に戻ったので、僕はすぐさま負けを認めて頭《こうべ》を垂《た》れた。いや、別に勝負のつもりはなかったのだが。

「あの子も、急に直久くんと会ってみてって言うんですもん。絵以外にも何か狙いがあるんだろうなって思ってました」

最初から見透かされていたということか。しょうもない茶番に付き合わせてしまったんじゃないかと、なんだかいたたまれなくなる。

「本当にすみません。こんなことで貴重な休日にお時間取らせてしまって」

言いようのない罪悪感にかられた僕は、さっきよりも深く頭を下げて謝った。うまく話せなかったと、あとで紫さんにもお詫びのメッセージを送ろう。

「謝らないでください。私だって、常盤さんとはお話ししたいと思っていましたから」

「僕と、ですか?」

思わぬ言葉に、口をつくように反応してしまう。そこに通院帰りと思われる老夫婦がゆっくりとした足取りで歩いてきて、彼らをやり過ごすように翠さんは間を空けた。おかげで僕は心を落ち着かせることができた。

「初めてお会いしたときもそうでしたし、先程も言いましたけど、紫は常盤さんとお話できるのがすごく楽しいみたいで、私はそれがとても嬉しかったんです。だから、私からもお礼を言いたかったんです」

「いえ、僕は何も……」

「そう言わないでください。私以外の人と手話で話をすることは、ほとんどなかったものですから」

耳の不自由な人は、僕が考えているよりもさらに孤独なのだろうか。楽しそうに手話を見せてくれた紫さんの笑顔を思い出す。

「もちろんお医者さんや看護師さんなど、手話ができる人はいます。ですが、彼らとはあまり楽しいおしゃべりもできませんから」

翠さんは寂《さび》しそうな顔で頬を掻《か》いた。表情や仕草から気持ちが読み取りやすいのは、姉妹に共通している。

「僕ができるのは基本的な手話だけですし、紫さんの手話が読み取れないこともたくさんあります」

「それも言ってました。ときどき口の形と手話が合ってないこともあるって」

「え、ほんとですか？」

より確実に僕の言葉を届けたくて、声を出しながら手話を見せていたのだが、どうやら裏目に出てしまったらしい。何も指摘せずに話を合わせてくれた紫さんの優しさは、嬉しい半面、心が痛くなる。

「私も、はじめの頃はそうでした。手話って似たような手形のものも多いですし、難しいですよね」

翠さんのフォローに救われて、僕はかろうじて微笑むことができた。もっと手話を勉強しなくては。

「いやぁ、お恥ずかしい限りです」

「気にしないで、これからも紫と話をしてください。紫も言ってましたよ。『一生懸命私の手話を読み取ろうとしてくれるし、筆談で済むはずなのに手話を使ってくれる』って」

心の中を見透かされているようで、穴を掘ってでも入りたい気分になった。暑くもないのに汗が出る。

「学校ではどうされているんですか？」

下手な話題転換に、たまらず苦笑いが出てしまう。翠さんは僕の気持ちを汲《く》んでくれたのか、何事もなかったかのように応じてくれた。

「聞いた話だと、だいたい筆談で済ませているようです。ハンデがある人に対するサポートがしっかりしている学校を選びましたから、学校生活に不便はないんでしょうけど、やっぱりお友達となると、なかなか手話も使えないですよね」

「そうですか……」

予想していた通りの答えが返ってきて、僕の気持ちは一瞬で落ち着いてしまった。話をそらすことには成功したけれど、今度はどうしようもない寂しさが顔を出す。

「ですから、私は常盤さんに感謝しているんです。繰り返しになりますけど、あんなに楽しそうに話す紫を見るのは久しぶりでした。紫のこと、これからもどうぞよろしくお願いします」

今度は翠さんに頭を下げられてしまった。さっきから互いに立場が逆転することが多いというか、形勢が二転三転しすぎている。

「い、いえ、こちらこそ。よろしくお願いします」

「それで、紫からは何を頼まれたんですか？」

ひとつの話が区切りを迎え、ひとつ前の話に戻る。翠さんの表情からは余裕がうかがえた。

「その、紫さんの一人暮らしについて、です」

「一人暮らしがしたいって、紫は言ったんですか？」

表情と声が急速に引き締まるのを感じた。いよいよ本題といったところだろうか。翠さんを相手にうまく立ち回れる気はしないから、僕はとにかく正直であることを心がけよう。

「はい。ですが、翠さんに気を遣《つか》ってのことだと思います」

「私に迷惑をかけてるとか、負担になりたくないとか、そういうことですか？」

翠さんの表情がわかりやすくゆがんだ。言われたくないことだったのだろう。その表情を見てフォローしたくなったということではないが、僕はこう続けた。

「僕の受けた印象では、そういう感じじゃなかったように思います」

「それは、どういうことでしょう」

小さいけれど、険《けん》のある声だった。怖さは感じないが、憂《うれ》いているようではあった。

「申し訳ないというより、翠さんの幸せを願う感じでしょうか。自分のことは気にしないで、翠さんの好きなことをしてほしいって」

「そんなの、同じでしょう」

同じだろうか。裏を返せば同じかもしれないが、わざわざ裏返すこともないだろう。ただ、翠さんの曇り気味の表情を見ては、そんなことは言えそうにない。

「それでも紫さんは、お姉さんとは離れたくないとも言ってました。どちらも本心なんでしょう」

何の気休めにもならないだろうが、付け加えずにはいられなかった。紫さんは紫さんなりに悩んでいるということが伝わればいいと思った。

「常盤さんは、紫になんと言ったんですか？」

翠さんは無理やり自分を落ち着かせるように、大きく息を吐いてからそう言った。表情も幾分柔らかくなったように見える。

「一人暮らしはどう思うって聞かれて、あんまりおすすめしないと答えました」

「それは、どうしてですか？」

姉妹に同じ話をすることになってしまったが、僕は紫さんにした話を翠さんにも聞いてもらうことにした。ほとんど変わらない話ができたと思う。

「――なるほど。そうでしたか」

「えっと、何かまずかったでしょうか」

僕の話を聞いている間、翠さんはずっと真剣な表情を崩さなかったのに、急にふわりとした笑顔を見せられたものだから、僕は戸惑いを隠せなかった。翠さんの口数が少なくなっているのも気になる。

「いえ、すみません。なんとなく、紫が常盤さんと話せと言った理由がわかったような気がして」

それはもうすでに明らかになっているはずではないか。一人暮らしの是非について話す場を設けようという紫さんの魂胆《こんたん》は、あっさり看破《かんぱ》されてしまっているのだから。

僕が何も言えずにいると、翠さんは一段と優しい笑顔になって、晴れ晴れとした様子でこう続けた。

「常盤さんは正直者ですね」

「そんなことないですよ」

「だって、私の味方でもなければ、紫の味方でもないじゃないですか」

そんなはずは。

確かにどちらかに肩入れするようなことはしていないが、どちらの敵でもないのであって、できれば両方の味方でありたかった。

「紫の味方をするなら、私に一人暮らしをさせてあげてくださいって頼めばいいですし、一人暮らしを反対するのも、お金や時間の問題が理由で、私のことは一切関係ないようですし」

そう言われてしまえば是非もないのだが、なんだか釈然《しゃくぜん》としない。首をひねる僕に目を向けて、再び翠さんが口を開く。

「お気を悪くされたらごめんなさい。決して悪い意味ではないんですよ」

それはさすがに信じたい。真正面から悪口を言われただなんて思いたくない。

僕は無言を貫《つらぬ》きつつ、表情で続きを促すことにした。早く救いの言葉が欲しい。

「常盤さんなら、きっと紫の話も私の話もちゃんと聞いてくれて、そのうえでご自身の意見を言ってくれると、そう思ったんでしょう」

その通りだ。というか、僕にできるのはそれだけだ。それを二人が評価してくれているのなら、それ以上望むことはない。

「えっと、まだ翠さんの意見は聞けていないですよね?」

僕は気持ちを切り替えて、翠さんの口から紫さんの一人暮らしについてどう思うのかを聞くことにした。おそらくこの話を、次は紫さんにすることになるのだろう。

「私は……すみません。すぐには判断できないです」

話を急ぎすぎただろうか。やっぱり僕は、こういうところで会話の運び方がうまくない。

「いえ、僕のほうこそすみません。そんな簡単に答えは出せないですよね」

今日明日《きょうあす》にでも解決するような問題じゃないなと、僕は翠さんに聞こえないようにため息をつく。翠さんはというと、遠くにいる家族に思いを馳《は》せているような荘厳《そうごん》な顔つきで、そっとベンチをなでていた。きっと今、頭の中でいろいろな考えが目まぐるしく回っているのだろう。

「正直に言えば、私は紫には一人暮らしはしてほしくないです」

ふっと顔を上げて、翠さんは小さくつぶやく。手話じゃないから話し手のほうを向く必要はない。僕も目の前に広がる自然を眺めながら同じくらい小さな声で「はい」とだけ答えた。

「やっぱり心配だからですけど、それは一番の理由にはならない気がします」

一番の理由にはならない――。翠さんの言葉を頭の中で繰り返し、ならば一番はなんなのかを考える。

その結果、少し間が空いてしまい、僕はたまらず翠さんの表情をうかがった。しかし、翠さんは依然として前を向いたままだった。僕が覗き込んでいるのに気づいているとは思うが、視線は変わらないままだった。

「単純に私が、あの子と一緒にいたいんです。だから、私の好きなようにさせてくれるのなら、このままずっと二人で暮らしたいと思います」

こんこんと、側頭部をノックするようにつついて、翠さんは片目を閉じた。なんてことのない動作のはずなのに、引き寄せられるような魅力を感じた。
それにしても、これら一連の言葉を引き出せたのは収穫じゃないだろうか。紫さんは恋した
り好きな仕事に就いたりしてほしいと言っていたが、翠さんはそれらを差し置いてでも、紫さ
んと一緒にいることを望んでいるのだ。
「そのお気持ちを、紫さんにも伝えたらいいんじゃないかと思います」
紫さんだって、翠さんのこの気持ちを聞いてもなお、離れて暮らすことを望みはしないだろ
う。これでこの案件はだいぶ解決に近づいたように思う。
「それはそうですけど、紫が本当に一人暮らしをしたいと言うのなら、そうさせてあげたほう
がいいのかな、とも思うんです」
やっぱり簡単な問題じゃなかった。翠さんにとっては、妹の好きにさせることも自分のした
いことに含まれるのかもしれない。
僕も何か意見したほうがいいかと考えていると、翠さんは音を立てずに体の向きを変えて、
今度ははっきりと僕の顔を見てこう続けた。
「常盤さんはどうです？　紫の気持ちと私の気持ちを聞いて、改めてどちらがいいか」
難しい質問ではあるが、僕はとにかく思った通りに話すしかない。翠さんもきっと、気遣い
じゃなくて僕の本心を聞きたがっているのだと思う。
「今のところは、僕もこのまま二人で暮らすほうがいいんじゃないかと思います」

「本当ですか？　私の前だからって、私に気を遣う必要はないですよ」

「僕にそんな小器用さはありませんよ。翠さんだって言ったじゃないですか。僕はどちらの味方でもありません。単純に個人的な意見です」

僕のこの言葉には、翠さんはクスッと笑うだけの反応を見せた。今の微笑みにどんな気持ちが含まれているのか、僕には到底《とうてい》読み取ることはできなかった。

「そうでしたね。それじゃあ、もう少し詳しく理由を聞かせてもらえますか？」

柔らかな笑顔で、翠さんはベンチの背もたれにその身を預けた。気持ちに余裕ができたということだろうか。

「僕もやっぱり心配です。きっと紫さんは一人でも問題なく生活できるでしょうけど、万が一ということはありますから」

初めて出会ったときだってそうだ。

夜中に大きな地震が発生して停電でもしたら、紫さんはどうやって助けを求めるのだろう。自然災害といった有事だけじゃなく、体調不良や精神的な不安だってあるだろう。

「そうですね……」

翠さんは心配そうな表情でそうつぶやくだけだった。視線は僕に向いていないので、僕は次の言葉を出す。

「それに、どうしてもお金のこととか生活の大変さが気になります。家を出ざるを得ない状況じゃないのなら、わざわざ出ることもないと思います」

「それは身をもって体験されているんですね」

「そうですね。同じような苦労をしている人はたくさんいると思います」

実家から通っている同僚と話をすると思い知らされる。同じ仕事で同じ給料をもらっているはずなのに、生活水準が明らかに違うのだ。

「少なくとも、仕事に慣れてからにするべきですよね。就職と同時に独り立ちは、いくらなんでも認められないかな……」

それは間違いないだろう。障がい者枠のある企業に就職できたからといって、そこで出会う人が必ずしも理解ある人とは限らないのだから。

それに、たとえ希望の会社に入れたとしても、最初からやりたい仕事ができるとは限らない。新しい人間関係の構築も含めて、不安や心配事は絶えないだろう。それを思うと、やはり就職と同時に独り立ちするのは考えものだ。

「そうですよね。やっぱり、しなくてもいい一人暮らしだとは思いますよ」

すぐに会いに行けるような場所に部屋を借りることも考えたが、明らかにマイナスが大きい。お金に余裕があるのならともかく。

「ただ、あの子が彼氏をつくって結婚するなんて言い出したら、一気に話はひっくり返りますけどね」

その言葉に僕自身がひっくり返りそうになったが、なんとかこらえた。その可能性をまったく考えていなかった。

おそらく目を丸くしていただろう僕を視界にとらえて、翠さんは微笑《びしょう》とも苦笑《くしょう》ともつかない表情を見せた。複雑な心境だということはわかった。

「そうだ。常盤さんはどうです？」

「え、何がですか？」

「紫ですよ。常盤さんが紫の彼氏になってくれるなら、私は大賛成ですよ」

「無職の男を捕まえて何言ってるんですか」

反射的にそう言ってしまったが、ためらいなく断るのは失礼だっただろうか。というか、僕の評価が高すぎやしないだろうか。

確かに僕としても、紫さんとも翠さんとも一対一で話してみて、話しやすいというか波長《はちょう》が合うというか、出会ったばかりとは思えないくらい打ち解けているとは思う。だからといって、こんなことを言ってもらえるほど仲が進展していたとは思わなかった。

「えー、ダメですか？　身内が言うのもなんですけど、結構いい子だと思いますよ」

紫さんがいい子だということは、僕にだってわかっている。問題はそっちじゃないのだ。

「僕じゃもったいないですよ。もっとふさわしい人がいますって」

「そうですかねぇ。気が変わったらいつでも言ってくださいね」

というか、紫さんの気持ちだってあるじゃないか。いくら姉とはいえ、勝手なことを言うなって怒られるんじゃないだろうか。

「話を戻しますけど」

「何の話でしたっけ？」

いたずらな笑顔を見せて翠さんは言う。ガールズトークをしているときの女子高生のテンションだと思った。

茶目《ちゃめ》っ気《け》たっぷりな翠さんは無視して、強引に話を戻した。まじめな話をしていたはずだったのに、こんなふうになっちゃってよかったのだろうか。

「紫さんの一人暮らしの件ですよ」

「あぁ、そうでしたね。そうはいっても、まだまだ先のことだとは思いますが」

「早いうちから考えておくに越したことはありません。状況がいつ変化するかもわかりませんし、そのときになってからでは、きっと後悔します」

二人の口調に大きな差異があったからだろう。翠さんは一瞬だけ固まって、言葉を失ったように視線を泳がせた。

「あっ、すみません。言い方がよくなかったですね」

怒ったと思われても仕方がないような強めの口調だったと自覚できたから、僕はすぐに笑顔を見せて謝った。こんなところで壁を作ってはいけない。

「いえ、私のほうこそ。せっかく常盤さんが真剣に考えてくださっているのに」

翠さんの表情が一気に暗くなってしまった。心なしか体が小さくなったようにも見えるし、本当に悪いことをした。

「おふたりが一緒に暮らしたほうがいいと思った一番の理由を、まだ伝えられていなかったんです」

今の僕の考えを伝えれば、きっとこの空気を打破《だは》できるはずだ。そう思った僕は、深刻にならないように気を付けてこう続けた。

「紫さんと翠さんのおふたりともが、一緒に暮らすことを望んでいるんだと思うんです」

「…………」

あれ、うまく伝わらなかっただろうか。翠さんは暗い表情でこそなくなったが、特にこれといった反応は見せず、黙ったまま僕の顔を見ているだけだった。

「だって、翠さんは紫さんと一緒に暮らすことを望んでいますし、紫さんは翠さんの好きなようにしてほしいと言っています。それなら、おふたりがわざわざ離れ離れになる必要なんてないじゃないですか。紫さんだって一緒にいたいって言ってましたし」

何も言われていないのに、僕は急に早口になってぺらぺらと言葉を並べていた。こんなつもりはなかったのに、どうしてこうなっちゃったんだろう。

「ふふっ」

「え？」

一転して、翠さんがものすごくいい笑顔を見せたので、僕はたまらず反応してしまった。いよいよわけがわからない。

「いえ、すみません。やっぱり常盤さんはいい人だなって」

何をどう判断してその結論に至ったのだろう。とりあえず嫌な空気ではなさそうなので、僕は一生懸命愛想笑《あいそわら》いを浮かべることに専念した。

「私たちのことを真剣に考えてくださいますし、今も、私の表情や態度をひとつひとつ汲んでくださいます。きっと、紫と話しているときも同じなんですよね。それが優しさだということくらい、私にはわかります」

思い当たる節《ふし》がないことはないのだが、そう言われると、まるでこれまでこの姉妹が見せてきた表情や態度が全部、僕を見定めるための計算された演技なんじゃないかと思えてしまう。翠さんのこの笑顔はそうじゃないと思いたいのだが。

「今日はお話できてよかったです。実はさっきから紫からメッセージがたくさん届いてるんで、お先に失礼しますね」

「あ、はい」

「常盤さんとお話ししたこと、紫にも伝えます。常盤さんは常盤さんできっと紫からいろいろ聞かれると思いますけど、よければ相手してやってください」

「はい……」

「それでは、また」

絶妙なタイミングで撤退を図られるのも紫さんのときと同じだった。僕は僕で曖昧な返事をすることしかできず、今回も黙って翠さんの背中を見送ることになった。

それなりに時間を費やしていたようで、一人になって落ち着いた頃には、景色はすっかり様変わりしてしまっていた。これでは絵の続きは描けない。

気持ち的にも作業を続ける気になれなかった僕は、手早く荷物をまとめてこの場を去った。完成にはもう少し時間がかかりそうだ。少しペースを上げたほうがいいかもしれない。

*　*　*

私が家に帰ると、紫がすぐに駆け寄ってきた。音は聞こえなくても、長く一緒に暮らしているからか、なんとなく気配でわかるらしい。

(おかえり!)

嬉しそうな顔しちゃって。私と常盤さんがどんな話をしたのか気になってしょうがないんだね。まったく、かわいいんだから。

(ただいま。すぐにごはん作るね)

料理は基本的に私がするようにしている。紫の料理も悪くはないけど、レパートリーが少ないというか、紫の好きなものばかりに偏《かたよ》るから、栄養面を考えて、食材の買い出しも含めて私が管理するようにしている。

私が料理をしている間、紫は洗濯物をたたんだり食卓の上をきれいにしたりしていた。自分の部屋ではなく私の目の届く位置にいるときは、私と早く話がしたいときだ。

それならばと、私はなるべく手軽にできてかつしっかり栄養も摂《と》れるメニューを作ることにした。冷蔵庫を開けて、食材の確認をする。

三十分くらいかけて、調理がすべて終わった。ここでも紫は音ではなく匂いでタイミングを計っていて、私がメイン料理を運ぶ少し前に箸や取り皿を出したり、ご飯とお味噌汁をよそったりしてくれる。常盤さんも言ってくれたけど、耳が聞こえなくても普通に生活はできるのだ。

(おいしそう!)

(おいしそうなんじゃなくて、おいしいの)

今日のおかずは野菜が多めの肉野菜炒めと焼き魚の定食メニューだ。いつもより一品少ないけど、紫が量に関して何か注文を付けることはないから気にしない。

(いただきます!)

このあいさつは二人でそろえて手話ですることにしている。食事中は私も声は出さず、手話のみでのやり取りだ。

紫は最初にご飯とお味噌汁をひと口ずつ食べてからおかずに手を伸ばす。ひと通り食べてから（おいしい）と言って笑顔を見せるまでがいつもの流れだ。

（今日はどうだったの？）

そして本題に入る。ずっとしたかった話だろうから、今日はとことん付き合ってあげないとね。

（たくさんお話ししたよ）

（楽しかった？）

どんなことを話したのかよりも先にそっちなんだ。紫が仕向けて一人暮らしの話をするようにさせたはずなのに。

（そうだね。お話できてよかったと思うよ）

私がこう返すと、紫は屈託《くったく》のない笑顔を見せた。ずっと見ていたいかわいさだったけど、紫の手がすぐに動いた。

（どんなこと話したの？）

わかってるくせに。しらじらしいんだから。でも、最初はご期待の話題じゃないよ。実際にお話しした順番で話すことにしよう。

（絵を見せてもらったよ）

（すごく上手だよね！）

私はたくさんのお花で彩られた春の風景画が印象的だったと話すと、紫はイルミネーションに照らされた冬の夜景がよかったと、嬉しそうに言ってきた。確かにあの絵は紫が好きそうな気がする。

絵の内容の次に色鉛筆の話をすると、紫は（私も見てみたい）と子どものように笑った。五十色以上ある色鉛筆を使って翡翠色を見せてもらったという話をしたときに、ふと思った。〝ゆかり色〟ってあるのかな。緑色にもたくさんの種類があるのだから、紫色にだってきっといろんな種類があっても不思議はないよね。

（他には？）

（ちゃんと話すから、箸を動かしなさい）

さっきから全然食事が進んでいない。せっかくの温かい料理がもったいないから、私は食べることを優先させた。こういうところで紫はとても聞き分けがいい。本当にいい子に育ったと思う。

（紫の話もしたよ）

食事がおおかた終わりに近づいてきたところで、私から話を戻した。紫が聞きたかった話だろうけど、こうなると途端におとなしくなる。

（どんな話？）

（将来の話。紫、一人暮らしがしたいんだって？）

おそらくキーワードだと思う単語を出すと、紫は急に真剣な顔になって居住まいを正した。

そんなまじめな空気にするつもりはなかったんだけどな。

(別に、今すぐしたいとか、この暮らしが嫌とか、そういうのじゃないよ)

(わかってる。お姉ちゃんは一緒がいいけど、紫がどうしてもって言うなら止めないよ)

常盤さんと話しているときは決められなかったけど、少し時間を空けたらこう思えるようにはなった。私の希望はあるけれど、少なくとも断固として認めないなんていう強硬姿勢を取る気にはなれなかった。

(……いいの?)

ものすごく遠慮がちに聞くものだ。どうやら心の底から家を出たいということもないらしい。その様子を見て私は少しだけ安心した。

(もちろん心配だし、常盤さんにも言われたと思うけど、お金のこととかお仕事のこととかを考えたら、しばらくはここから通ってほしいよ。でも、それで紫の気持ちを無視するのは違うかなって)

これが私の正直な気持ちだ。ずっと二人でいられたらいいなとは思っていたけれど、そうもいかないだろうなと心のどこかで思っていた。

(お姉ちゃんはもう一度、一人暮らしをしたいとは思わない?)

(あんまり。一人ってやっぱり寂しいし、やること多くて大変だし)

私は大学進学と同時に家を出て、一年とちょっと一人暮らしを経験している。その生活は紫の事故を機に終わったけれど、再びあの頃の暮らしに戻りたいとは思わない。

（そうなんだ……）

紫はそれだけ言ってうつむいた。それから私の顔をちらちら見るようにしていて、明らかに何か言いたげに見える。

きっと言いにくいことなんだろう。紫は表情だけでなく仕草でも気持ちが読み取りやすいから、私としては話がしやすくて助かる。

（なに？　まだ聞きたいことがあるんじゃない？）

私がこう聞くと、紫はもじもじしながらゆっくりと次の手話を出した。

（結婚とか、考えないの？）

あらあら。紫からこんな話が出るようになったんだね。これまでだって別に避けてきたつもりはないけど、紫ももう二十歳すぎてるんだから、立派な大人だよね。

（あんまり考えたことない。相手もいないしね）

適当にあしらっているのではない。紫が事故に遭ってから、私は紫をちゃんと育てることしか考えていなかったから、恋愛なんて二の次だった。

（直久くんは？）

やっぱり姉妹だねぇ。似たようなこと考えてたってわけだ。

（いい人だと思うよ）

私が短い言葉で答えると、紫は何も言わずに微笑むだけだった。このときは何を考えているのかは読み取れなかった。

紫はまだもの問いたげな様子だったけど、待っていても紫の手が動くことはなかった。この話は終わらせてもよかったけど、せっかくだから私からも聞いてみよう。

（そういう紫はどうなの？　学校にいい人いないの？）

（いないよ！　男の子の友達なんていない）

赤くなっちゃって。かわいいなぁ。思えば、こういう話をすることって今までほとんどなかったな。私が自然と避けていたのかもしれない。

紫は嘘をついていないと思うけど、姉としては複雑な気持ちだった。変な男に言い寄られてほしくないけど、こんなにかわいいのに誰も寄ってこないのかな。もしかしたら、紫が鈍《にぶ》いだけでアプローチをかけている人もいるのかも。

（ごちそうさま！）

残ったご飯を掻き込むように食べて、紫は自分の食器を片付けた。聞きたいことはもうないのかな。

紫にいい人がいないのなら、やっぱり常盤さんとくっついてほしいな。そんなことを考えながら、私はゆっくり自分の分のご飯を食べた。

4

翠さんと話をした翌日、紫さんから再びお呼びがかかった。展開が速くて困惑してしまうが、紫さんの呼び出し文を見る限り、これは既定路線だったようだ。

そんなわけで、今日も僕は一人で絵を描きながら紫さんが登場するのを待っている。うっかりするとここが病院の敷地内であることを忘れそうになる。

絵を描き始めて約一時間が経ったところで、ようやく全体を描き終えた。あとはここから細部を整えていけばいい。

実際の風景と絵を見比べるようにしていると、後ろからそっと肩を叩かれた。

今回はびっくりしないように気を付けていたつもりだったが、おそらくビクッとしてしまったただろう。どうして前から姿を現してくれないのだろう。

(おまたせ)

振り向いた先にいるのはもちろん紫さんで、さわやかな笑顔とともに簡単な手話を見せてくれた。春らしい装いと肩にかけたトートバッグから、いかにも大学生らしさを感じる。そんなことを考えていたら、今日は学校帰りだと教えてくれた。

僕はスケッチブックをしまいつつ紫さんに座るように促す。紫さんはベンチの後ろを回るようにして僕の隣に腰かけた。

（今日もいい天気だね）

（あったかくていいね）

なんて、まるでこれからデートに向かうカップルのような出だしである。翠さんにあんなことを言われてしまったからか、不要な意識をしてしまっている。

（昨日はどうだった？）

そしてすぐさま本題に入る。紫さんが見せた嬉しそうな楽しそうな表情は、やはりガールズトークをしているときの女子高生のそれと同じだった。

（お姉さんから聞いてないの？）

そんなことはないだろうと思いつつ、僕からはワンクッション入れることにした。何も隠しごとはないはずだが、とりあえず相手の動向《どうこう》は探りたい。

（聞いたよ。聞いたけど、直久くんからも聞きたい）

二人が同じ感想を持っているとは限らないのだから、いたって正しい感覚か。何か探りを入れようとしているようには見えないので、僕の感想をちゃんと話すことにする。

（いい話ができたと思うよ）

（楽しかった？）

最初に聞くのがそれなのか。満開の桜のようないい笑顔だけど、翠さんからはどんなふうに話を聞かされているんだろう。

(楽しいより、お話ができてよかったたって感じ)

僕のこの回答に、紫さんは口元に手を当ててクスッと笑ってみせるだけだった。楽しかったという答えが欲しかったのかもしれないけれど、昨日の話はそういうものとは違ったと思うのだ。

(正直だね)

嘘だと疑われるよりはいいのだが、なんとなくからかわれているような気もするから素直に喜べない。そんな気持ちを表情のみで伝える努力をする。

(一人暮らしのこと、話してくれてありがとね)

翠さんとする口頭での会話とは違って、紫さんとの手話では話がいきなり進む傾向がある。普段の会話には不要な言葉がたくさん挟まっていることを実感する。

(頼まれたからね)

僕が手短に手話を返すと、紫さんは驚いたような顔を見せた。少なくとも今はそんな場面ではないはずなのに。もしかして、また口の動きと手話が合っていなかったのだろうか。翠さんに言われたことを思い出す。

(なに？)

不安になった僕が尋ねると、紫さんは嬉しそうに目を細めてから、唇を緩ませた。今にもしゃべりだすんじゃないかと思わせる、これまでに見てきたものとは違った印象を受けた。

（一人暮らしって、わかるんだ）

手話のことを言っているんだと理解するのに少し時間がかかった。そして理解したあと、返事をするのにさらに時間がかかった。

（勉強したから）

（勉強？）

こういうことはできれば言わずに済ませたかったのだが、隠し通せる気もしないしそうする意味もない。僕はバッグから一冊の本を取り出す。

（買ったの？）

（そう）

僕が見せたのは、手話の辞書のようなものだ。紫さんと話をするためには必要だと思って、二回目に会ったときの帰りに本屋さんで買ったのである。

辞書をまるまる暗記することは到底できないから、まずは紫さんとの会話で出てきそうな言葉を中心に覚えた。その中に「一人暮らし」という手話も含まれていたのである。

（嬉しい）

表情だけでもわかる感情を、大きな手話とともに見せてくれた。もしもここで「その笑顔が見られてこっちも嬉しい」だなんて返したら、本当にカップルみたいだ。

それから少しの間、紫さんは辞書をパラパラ眺めていた。さすがに紫さんでもここに載っているすべての手話を覚えているということはないのか、ときどき手を止めて内容に注目しているようだった。

しばらくして閉じた辞書を差し出された僕は、それをすぐにバッグにしまった。いくらなんでも辞書を片手に話すなんてかっこ悪すぎる。

（お姉さんは、紫さんと一緒に暮らしていたいって）

まるで辞書についての話なんてはじめからなかったかのように、僕は話を戻した。紫さんもすぐに反応してくれた。

（うん。直久くんにそう言ったんだから、それが本心だよね）

それはどうだろう。普通に考えたら、身内にこそ本音を語りそうなものなのに。いや、この場合は紫さん以外の人なら誰でもいいのか。

（紫さんも同じでしょ？）

（もちろん。　　　　　　　　　　　　）

肯定を表す手話のあとに続くものは読み取れなかった。文脈から想像することもできない。

（……ごめん）

謝りはしたが、もう一回とお願いすることはしなかった。わからないものはわからないと正直に言いたい。

（　調べてみれば？）

調べるという手話の前にも何かひとつ動作があったが、それもわからなかった。ただ、紫さんは明るい感じですねるように僕のバッグを指さしていたので、おそらく辞書と言ったのだろう。

この辞書は五十音順の索引《さくいん》から調べられるだけでなく、手の形から言葉を探すこともできるようになっている。手形から調べるという経験はしたことがなかったから、意地を張らずに練習させてもらうのもありかもしれない。

しかし、残念ながらさっきの手話の手形はもう覚えていない。もう一回見せてもらってそこから調べても数分は確実にかかる。待たせるのも嫌だし、必死になって調べる姿も見せたくない。

（あとで調べるから、今は教えて）

紫さんはやれやれといった表情を見せながらスマホを取り出し、慣れた動作で僕にメッセージを寄越した。こっちのほうが確実に速いだろう。

『とりあえず、卒業と同時に一人暮らしを始めることはないと思う』

翠さんの願いを聞き入れてくれたようで、僕はこれを読んで一人で安心してしまった。おかげで横から紫さんに手を振られるまで返事をし忘れていた。

返事を手話でしようかスマホでしようか迷ったが、聞きたいことは手話で表現できそうもないからメッセージにした。当然だが、僕のスマホ操作だって遅くはない。

『どんな仕事がしたいとか、就職先の希望はあるの?』

話が飛びすぎかとも思ったが、一人暮らしに関する話はこれ以上する必要はないと思った。だからこの質問は、単なる僕の興味から出たものだ。

僕の質問に対し、紫さんはやや気恥ずかしそうな顔で笑った。今の表情もあまり見ないものだったと思うが、質問の内容を考えれば無理もないか。

(笑わない?)

先生をしていたときにもよく言われたものだが、こういう場面で笑うことなんてあるのだろうか。積極的に背中を押せないことはあると思うけれど。

(笑わない)

うなずくだけでなく、手話を交えてしっかりと伝えた。こういうときは相手の目を見るべきだと、先輩から叩き込まれている。

(　　　　　　　　　　になりたい)

しまった。こうなることは予想できたじゃないか。

残念なことに「～になりたい」の部分しか読み取れず、ある意味では笑うよりももっとひどい対応をせざるを得なくなってしまった。

(ごめん!)

大きな手話で即座に謝った。もう一回してもらおうかとも思ったが、いくつもの手話を組み合わせていたようだったので、きっと無駄だと思った。

僕の全力の謝罪に、紫さんは眉尻《まゆじり》を下げて首を左右に振った。悲しませたり呆《あき》れさせたりしていなければいいのだが。

（難しかったね）

それだけ言って、紫さんはスマホを手に取った。ほどなくして受信したメッセージを開くと、さっきの手話からはおよそ想像できない職業が書かれていた。

『小説家』

僕はたまらず驚いた。何に驚いたかって、さっきの長い手話で表していたのがたった三文字の職業だったことにだ。

『なに、その顔』

紫さんからすぐに追加のメッセージが届いた。最初のリアクションとしては完全に失敗だ。態勢を立て直さないと。

『いや、手話の長さと文字の短さの違いに驚いちゃって』

仕事うんぬんの前にまずこのことを伝えると、今の手話に関する説明がメッセージで送られてきた。

どうやら「小」と「説」を先に表してから「書く」と「仕事」という手話を加えたらしい。

小説家という単独の手話は存在せず、その表現方法は様々なようだ。

（いいと思うよ）

スマホを置いて、手話を見せる。前に「読書が好き」と言っていたし、小説家になりたいという夢を、僕は純粋にいいと思った。

（そう？）

紫さんは驚き半分喜び半分といった様子で前のめりになりながら言った。本気と受け取ってくれないと思っていたのだろうか。

（うん。簡単ではないと思うけど、がんばって目指してほしい）

小説家になるための具体的な道筋は知らない。新人賞などに応募して、作品が出版社の目に留《と》まればいいのだろうか。

（ありがとう。でも、そっちはただの夢）

（他にもあるの？）

（現実的には……）

そこまで手話で表して、紫さんはスマホを手に取った。さっきの小説家と同様、職業は僕には読み取れないと思ったのだろう。たぶん正解だ。

『図書館の司書《ししょ》さんとか、旅行代理店で企画のお仕事とか、そういうのもいいかなって』

メッセージを読んで、すぐにその仕事に励む紫さんの姿が想像できた。どちらも耳が聞こえなくてもこなせるだろう。

（いいと思うよ）

（さっきと同じ）

それしか手話で表現できなかったのだ。

紫さんもそのことを承知してくれているのだろう、一見すると意地悪な微笑みのようだったけど、その後ろには優しさとか困惑がにじみ出ていたように思う。

その表情に思わず見惚《みと》れてしまいそうになったが、紫さんは特に動こうとせず、それで次は僕が何か言う番だということに気づいた。

手話では言いたいことが言えそうもないので、スマホを操作する。読み取るより表現するほうが難しい。

『小説家の夢はどうするの？』

『お仕事しながら作品を書いて、新人賞に出してみようかなって』

やはりそれしかないのだろうか。どんな人でも一作目を出すまでは小説家とはいえないのだろうし。

そんなことを考えていたら、ある疑問がふと浮かんだ。これはこのタイミングを逃したら聞けないことだと思った。

『もしかして、今も小説を書いてるの？』

答えにくいだろうなとは思ったが、聞かずにはいられなかった。紫さんもおそらく聞かれると思っていたのだろう。わかりやすく恥ずかしそうな顔を見せた。

(書いてる。けど、まだ途中)

書き終わったら見せてくれるのだろうか。それも聞きたかったけど、僕には聞けなかった。

(応援するよ)

僕が手話を見せると、紫さんは小さく笑うだけで何も言わなかった。今日はいろんな表情の紫さんを見ることができている。

(ねぇ)

それから少しだけ沈黙を挟み、紫さんが次の話題を持ちかけた。将来の話はひとまず終了か。

(絵、見せてよ)

すっかり普段の様子に戻った紫さんは、僕のスケッチブックを指さしてそう言った。どの絵のことを言っているんだろう。

(それじゃない)

僕が足元からスケッチブックを取り出すと、紫さんはすぐに否定の手話を見せた。これじゃないということは、描きかけのほうか。

紫さんが求めるものを理解した僕は、手元に置いてあったスケッチブックを手に取り、該当《がいとう》のページを開いた。まだ完成には程遠いが、見せられないことはない。

（上手）

ほめられれば当然嬉しい。僕は「ありがとう」の手話を返す。

（私も……）

絵を見たまま片手でこれだけ言って、紫さんは手を止めた。顔がこちらを向いていないから、反応したくてもできない。

僕の視線に気づいたわけじゃないと思うけど、紫さんは絵を膝の上に置いて、両手でスマホの操作を始めた。指の動きがとても速くて、小説を書くときもこんな感じなのかなと思った。

『私も、直久くんの絵みたいに、見た人の心をひきつけるような小説が書きたい』

執筆中の紫さんを想像していたところで小説の話題が投げ込まれた。僕はどう返事したものかと考えたが、隣にいる紫さんの手が止まっていないことに気づいて、もう少し様子を見ることにした。

『直久くんの絵を最初に見たときは、本当に感動した。あのときの感覚を、心を打つようなフレーズで生み出せたらいいなって、そう思った』

そう言ってもらえるのは嬉しいけど、ちょっとほめすぎという気もする。そんな感じの返事をつくっていたら、さらに続けて紫さんの言葉が届いた。

『絵と小説じゃちょっと違うんだろうけど、時間を忘れて、どんどんページをめくりたくなるような、小説の世界に引き込まれるような、そんなお話が書きたい』

次々と送られてくるメッセージに追いつけなかった僕だが、紫さんがスマホをベンチに置いたのがわかったので、手話をひとこと返すことにした。こっちのほうが気持ちは伝わると思った。

(紫さんなら、きっと書けるよ)

根拠はないけど、こう伝えたかった。ぜひ書いてほしいという願いもこもっていると思う。

(ありがとう)

首をわずかに傾けて、左手甲にのせた右手を上げる。幾度となく見てきた手話だが、紫さんのはにかんだ笑顔も相《あい》まって、より気持ちがこもっているように思えた。

少しして、紫さんは膝の上で開いてあったスケッチブックを閉じて、壊れやすいものを扱うように表紙をそっとなでた。その後、ぱっと表情を明るくさせ、僕に向き直ってからゆっくりと手を動かした。

(直久くんは、絵を仕事にしないの?)

姉妹に同じことを聞かれてしまった。僕との会話を何から何まで共有しているということはないようだ。

(しないよ)

(どうして?)

(これは趣味だから)

（もったいない。こんなに上手なのに）

（ありがとう。でも、仕事にしちゃうと、好きな絵は描けないと思うんだよね）

僕がこう返すと、紫さんは憂いを帯びた湿りがちの笑顔を見せた。小説もきっと同じなんだと思ったが、紫さんも同じことを考えているのだろうか。

再びスケッチブックを開いて絵に視線を落とした紫さんだが、今度は急に顔を上げて、それからすぐに僕の顔を見た。何か閃いたようだ。

（　　に出してみようよ！）

なんとなく予想はできたけど、やっぱり読み取れなかった。盛り上がっているところで非常に申し訳ない限りだけど、僕は苦笑いとともに（ごめん）と手話を返す。

『コンテスト！　絵にだってあるよね？』

紫さんは高いテンションを維持したままメッセージを寄越した。今も画面ではなく僕の顔をじっと見ている。

コンテストに出すことも、一度だけ考えたことがある。僕が絵を描いていることを知っている美術の先輩教員に紹介されたのだ。

（自信ないよ）

弱気な僕を鼓舞《こぶ》しようと、紫さんは素早く手を動かしたが、すぐに中断してスマホを手に取った。今だけは耳が聞こえないことを煩《わずら》わしいと思っただろうな。早く伝えたくてうずうずしている気持ちが全身からにじみ出ている。

『出してみないと何も始まらないよ！　別に賞は取れなくても、誰かが気に入ってくれて、声をかけてくれるかもしれないし』

そんなにうまくはいかないだろうなと思ったけど、目を輝かせている紫さんには言えそうもない。だから僕は、ちょっと違った方向性のコメントを返すことにした。紫さんを落ち着かせるため、時間をかけてメッセージをつくる。

『コンテストとかじゃなくて、個展みたいなものが開けたらいいなって思ったことはあるよ』

『いいじゃん！　ギャラリーとか借りる感じだよね？』

『たぶん。どうすればいいのかはわからないけど』

『調べてみようよ！』

紫さんの勢いに押されて、つい僕はうなずいてしまった。実現することはないだろうけど、調べるくらいならできるか。

満面の笑みを見せた紫さんは、膝の上に置いたままにしていた僕の絵に視線を戻し、持ち上げて目の前の景色と見比べるようにした。

（まだ、嘘はない？）

やはり二度目となると、注目するのはそこなのだろう。間違い探しとは少し違うのだろうけど、遊び感覚にはなるはずだ。

（全部描き終わってから、最後に付け足すつもり）

（もうすぐ完成？）

期待感たっぷりな笑顔を見せたけど、仕上げはこれからだ。今はとりあえず全体が描けたというだけで、出来上がるまでにはもう少し時間がかかる。

絵のことだからできるだけ丁寧に説明したいのだけど、僕の手話では難しい。僕は素早くスマホを手に取って、メッセージの作成に入る。紫さんはそんな僕の動きを見て、待つ態勢を取ってくれる。

『今は全体が描き終わっただけ。これから細かな色遣いとか質感を出していくの』

『どうやって？』

手話のときと同じくらいのスピード感で次のメッセージが表示される。興味を持ってくれるのは嬉しいことだから、張り切って説明しよう。

『何本もの色鉛筆を使って重ね塗りをする感じ。濃淡で立体感を出したり、細い線を描き足して光や風とかの動きを表現したりする』

『見てみたい！』

やっぱりこうなるか。幸いといっていいのか、たとえ描きかけであっても人に見せることに抵抗はないし、描いている様子を見られるのも嫌ではない。

僕が道具の準備をしている様子を、紫さんは楽しそうな目でじっと見ていた。そんな紫さんの気配を横目でうかがいつつ、手始めに深緑《ふかみどり》の色鉛筆を一本手に取る。

「…………」

（どうしたの？）

手に持った色鉛筆を画用紙に当てる直前で停止させた僕に、すぐさま紫さんが質問を投げかけた。それから僕は少し迷ってから、色鉛筆をもとの位置に戻した。

おあずけを受けて唇を尖らせている紫さんは無視して、僕はスマホを手に取った。そしてしばらく入力作業に時間を使い、長めのメッセージを送る。

（…………）

同じ色鉛筆を二本ずつ持っている説明を先にしておいたのだ。描きながら説明することはできないし、あとから話すのも違うと思った。

僕の長いメッセージを読み終えた紫さんは、一度落とされた分なお一層楽しそうな表情になって、再び僕の手元に注目した。そんなお客さんに応えるべく、僕は右手に深緑の色鉛筆を二本持って、今度こそ画用紙に色を乗せる。

僕の右側に座る紫さんに見えやすいようにと、右端にある芝生の部分に手を加えることにした。

もとの緑より濃い緑色を使って影を表す。まずは先の尖った芯で葉の輪郭《りんかく》を整え、あとから丸まった芯でならしていく。このときに微妙に力加減を変えることで、同じ色でも濃淡《のうたん》が生まれる。絵の具ではなかなかできないこの調節も、色鉛筆だと不思議とうまくいく。

影が描けたら次は、さっきより薄い緑色を使って光の当たり具合を表現する。ここでは丸まった芯のみを使って、何度も何度も色を重ねていく。

そして最後に、尖った芯でもう一度、輪郭に当たる部分を描くのだが、ここではただなぞるのではなく、もとの輪郭から少しだけずらすようにして描く。一部分だけではわかりにくいと思うが、全体にこの作業を加えると、風で草が揺れ動いているように見えるはずなのだ。

こんな感じのことを、頭の中では声に出して紫さんに説明する気持ちで描いた。

紫さんが僕のこの動きをどのように見てくれているのかはわからないけれど、絵を描くところを見せるとしたらこれ以外に示しようがない。

ひと通り描き終えて、色鉛筆をしまう。それから紫さんの表情をうかがったが、小さな口を少しだけ開いて目をパチパチさせるだけだった。

(どう?)

僕が遠慮がちに尋ねると、紫さんは我に返ったような反応を見せてから、顔と手を使って気持ちを表してくれた。

(すごい!)

そんな大それたことはしていないと思うけど、わざわざ否定する気にもならない。謹《つつし》んでこの賞賛を受け取ることにする。

(私にはできない)

紫さんの芸術的センスがどんなものかはわからないが、ここまで細かい作業になると誰にでもできるものではないと思う。

だから僕は、謙遜《けんそん》することもなければ威張《いば》ることもなく、ただ曖昧な笑みを浮かべるだけでこの場をやり過ごした。

紫さんもこれ以上は絵について触れようとしなかったので、僕はスケッチブックを閉じて道具を片付ける。今日はこれでおしまいだろうか。

(ねぇ)

そんなことを考えていたら、横から呼びかける手が見えた。どうやらまだ話は続くらしい。

(なに?)

(お姉ちゃんのこと、どう思う?)

急になんだと思ったが、これが一番聞きたかったことなのかな。将来の話から絵の話になったけど、最初は翠さんの話だったもんな。とりあえず話を進めよう。

(どうって?)

質問の意味が本当にわからなかったから聞き返したのだが、紫さんの笑顔が引っ込んでいるのを見たらなんとなくわかってしまった。この二人は顔だけでなく思考回路もそっくりだ。

(そのままだよ)

そう言われても。

聞きたいことはわかったし、どんな答えを期待しているのかもわかってしまう分、返事に困る。

（素敵な人だと思うよ）

まだ二回しか会っていないけれど、素直にそう思う。見た目もきれいだと思うが、容姿《ようし》だけじゃなく人柄《ひとがら》もとても魅力的だ。

（お姉ちゃんも、直久くんのこといい人だって言ってた）

僕は頭を掻く。実は男子が女子に言われたくない言葉のひとつとして有名だから、印象に残っている。

（それはよかった）

たとえ手話であっても、今の僕の言葉は棒読みに近いものだったと思う。言葉に合った表情がうまく出せない。

（お姉ちゃんと付き合う気はない？）

清々《すがすが》しいほどの直球勝負に、いわゆるモテ期が来たのかという錯覚に陥《おちい》りそうになる。二人の女性が互いに薦《すす》め合っているだけなんだから、勘違いしてはいけない。

僕がかろうじて困り顔を出さないようにしていると、続けざまに紫さんの手話が目に飛び込んできた。思いのほか真剣な表情だったから、軽く受け流すわけにもいかなそうだ。

（二人が恋人同士になったら、すごくいいと思わない？）

どうして本人に聞く。その質問は当該《とうがい》の二人以外にするものだろう。

（直久くんは家事もやってるし手話もできるから、お姉ちゃんも私も嬉しい）

間違ってはいないけれど、それじゃただの便利屋だ。恋人同士になる必要はまったくない。

（直久くんは優しいし、私の話もお姉ちゃんの話もちゃんと聞いてくれた。そんな人、今までいなかった）

う、急に強烈な殺し文句だ。「頼れるのはあなただけ」という類は、言われたら嬉しい言葉のひとつだ。

（お姉ちゃんは本当にいい人だよ。ダメ？）

言うまでもなく、わかっている。普通の男なら喜んでこの誘いを受けるだろう。

というか、ここでも翠さんの気持ちが無視されているではないか。

翠さんは紫さんの彼氏にならないかと言ってくれたが、だからといって翠さんが僕のことを好いてくれているとは限らないだろう。なにせ、翠さんにとっての僕は「いい人」なのだから。

いい人と言われたら最後、それ以上にはならないという不文律《ふぶんりつ》があると聞いている。

紫さんが体ごとこちらに詰め寄ってくる形になり、僕が手話を見せるスペースが狭くなった。しめたとばかりに僕が何もせずにいると、紫さんは急に落ち着いてもとの位置に戻り、今まで見せたことがないようなしおれた顔でこう言った。

（ごめん。いきなりこんなこと言われても困るよね）

手話にも早口というものがあるのなら、今のがまさにそうだろう。正しく読み取れているのだろうか。

黙りこくってしまった僕のほうこそ謝るべきなのだが、どうも手頃な言葉が出てこない。

（私、帰るね。今日はありがとう）

突然の幕引きだった。紫さんは笑ってこそいたが、弱々しい表情のままだ。

（お姉ちゃんのこと、よかったら考えてみて）

僕の言葉を待たずに、紫さんは走り去っていった。今回は互いに手を振ることはできたが、やはり前回と同じようなお別れになってしまった。

一人になり、ベンチに深く寄りかかって天を仰《あお》いだ。天でも仰がなきゃやってられないような気持ちだった。

翠さんからも紫さんからも好意を寄せてもらえたのはとても嬉しいのだが、この気持ちをどこに向けたらいいのかがわからなかった。

こんなことになるのなら、二人と会わないほうがよかったのかもしれない。そんなことを思ってしまった。

5

一週間後、僕は再び病院に来ている。まだまだ梅雨《つゆ》の時期ではないはずなのに、ここ最近はぐずついた天気が続いていて、なかなか外で絵を描くことができていない。光の当たり具合や風で揺れる様子を表現するなど、細かい作業は屋内でもできるから進行が止まることはないけれど、やっぱり目の前にお手本を置いて描きたい。

今日もあいにくの空模様で、僕の絵と実際に見る景色はまるで別のように見える。それでも僕が病院に足を運んでいるのには理由がある。足のけがで入院していた友人の見舞いではない。彼は少し前に退院している。

「常盤さん、中にどうぞ」

見知った看護師さんに案内されて、僕は診察室に入る。今日は主治医《しゅじい》の先生と会うことになっている。

「こんにちは。近頃はどうです？」

「そうですね。日に日に痛みが増しているといいますか、少しずつ薬も効《き》かなくなってきているような気がします」

僕が淡々と答えると、先生は僕の口調を顔で表現するように苦笑いを浮かべた。二人の間ではさんざん暗い話をしてきたから、今さら落ち込むようなことはない。

「それなら、薬はもう少し強めのものを用意しましょう」

「お願いします。それと、今日は相談したいことがありまして」

僕は定期的に通院をしているものの、治療という治療は行っていない。日々の経過観察と、薬の処方《しょほう》、それと雑談だけだ。今回は雑談ではなく相談したいことがあった。

僕の真剣さに気づいたのか、先生も神妙な面持《おもも》ちで僕の言葉に耳を傾けてくれた。部屋の中には僕と先生しかいない。

「もう少ししたら入院することになるじゃないですか」

「そうですね。こちらの準備はできていますよ」

「実は明日、母がうちに来ることになっているんです。それでしばらくは、こっちにいてくれることになりました」

「そうですか。それはよかった」

僕はもうすぐ入院することになっている。その間の家のこととか僕の身の回りのことは母にまかせる。これはもともと決まっていたから、何も問題はない。

「今後のことは、両親には話してあります。ですけど、身内以外のところで気になることができてしまいまして」

先生と両親はすでに何度か顔を合わせているから、ここまでは特に相談という感じではない。

先生もわかっているから、驚くこともなく言葉も少なめだ。しかし、身内以外という言葉が出てきたところでおもむろに顎《あご》に手を当てた。

「実は、ここ最近になって、仲良くしてもらってる人がいるんです」

「はっはっは、よろしいじゃないですか」

先生は楽しげに言ったが、本当にそう思っているのだろうか。気さくな人だということはわかっているけれど、今の僕は先生の調子に合わせられない。

「ただ、僕の病気のことは、話せていないんです」

「それは、難しいところでしょうな」

一転して先生の表情が曇る。明るく振る舞おうとしてくれるのはありがたいけれど、これからするのはまじめな相談なのだ。僕は気を引き締めて話を進める。

「最初は、入院を契機《けいき》に会わないようにしようと思っていました。今さら話したところで、相手を悲しませるだけだと思いますから」

「…………」

「ですけど、そうするのが心苦しいと思うくらいに、仲良くなってしまったんです。話してもつらい思いをさせることになるとは思うのですが、話さないままで僕のことを知ってもらえないのも悲しいと、そんなふうに思うようになってしまいました」

僕が思い浮かべているのは印南姉妹であって、二人は僕にとても好意的に接してくれている。

僕だってもちろん友好的でありたいのだが、そうしていられるのもあと少しだということがわかっているから、どうしたって「今以上の関係」には踏み込めないのである。

「その人は女性、ですかな」

「……はい」

それはまぁ、なんとなく察せられるのか。先生は確か五十代で奥さんも子どももいると聞いているが、今の僕をどんなふうに見ているのだろう。

「病気のことを話すべきか、隠し通すべきか、それで迷っているんですね」

「そういうことです。話したいとは思うのですが、どうやって伝えたらいいのかもわからないですし、伝えたあとどうなるのかもわからなくて……」

打ち明ければ、あの二人は確実に心を痛めるだろう。これまでのように接することができなくなるかもしれない。それを思うと言わないほうがいいんじゃないかとも思う。

だけど、知らせないとするならば、おそらく次に顔を合わせたときが最後になるだろう。そこで当たり障《さわ》りのない話をして、中途半端なまま僕たちの関係が終わることになる。それはとても悲しい。

話しても話さなくても、そう遠くないうちに僕たちは別れることになる。彼女たちのこの先の未来に僕はいてもいいのか、それは僕が考えてもわかりっこない。

こんなふうに、仮定の話にあれこれ考えを巡らせてみたが、一向に答えは出なかった。そこで先生に相談することにしたのだ。どんな答えでもいいから、なんらかの結論を出してほしかった。

「もし私が常磐さんの立場だったら」

先生はそこで言葉を切ったが、僕は余計な口は挟まずに先生の言葉を待った。先生は僕の無言を受けてから、言葉を選ぶようにして口を開く。

「すべてを打ち明けるでしょうな」

「…………」

話すべきか否《いな》か、まずはこのどちらかが提示されるものだと思っていたから、ひとまず道筋が得られて僕は安心した。こうなると次はその理由が知りたい。僕は引き続き何も言わずに先生の顔をじっと見つめる。

「悪意を持って行うこと以外、やって後悔することってないと思うのですよ」

「悪意……」

そんなものはあるはずがない。

先生もそれをわかっているから、僕には話すべきだと言うのだろう。まだ続きがあるはずだから、僕は真剣な顔つきを崩すことなく続きを促す。

「仮に常盤さんがその人に病気のことを話したならば、きっと驚くでしょうし、悲しむでしょう。ただ、話さなかった場合、その悲しみはなくても、常盤さんとの突然の別れに、相当なショックを受けるでしょうな」

想像するだけで心が痛くなる。どうあっても彼女たちを傷つけることに変わりはないのだ。どっちがまだましか、それすら考えられない。

「お相手がどんな方かはわかりませんが、そんなことになったら、気が気でないでしょうな。常盤さんに何かあったのかしら、嫌われちゃったのかしらと、心配になったり不安になったりもするでしょう」

「……」

連絡を絶《た》つとは、そういうことか。ちょっと考えればわかりそうなものなのに、そこに思い至らなかった僕は、なんて身勝手なんだろう。

「私のような仕事をしていても、お別れについて話すのは、いつだって、非常に心苦しいことです。常盤さんがためらわれるのも、無理はない」

話さなかったときに二人がどう感じるか、そっちはかろうじて想像できても、話した場合のリアクションはまったく予想できない。そもそも、僕がきちんと話せるかどうかも怪しい。

「結果だけ考えれば、話しても話さなくてもそれほど大きな違いはない。別れのタイミングがほんの少しずれるだけ。そうお考えかもしれませんが――」

「それなら、不要な悲しみを与える必要もないのかな、と……」

先生の言葉を遮る形で声を出したものの、尻すぼみのようになってしまった。どうせ別れることになるのだから、悲しむ回数は減らしたほうがいいのではないかと、最初はそう思ったのだ。

「不要、ですかな?」

「………」

眉ひとつ動かせなかった。そのときの先生の眼光《がんこう》や口調が鋭《するど》かったこともあるが、不要かどうかの判定ができる気がしない。

「つらいことや悲しいことは、少ないほうがいい。それは当然です。ですが、必要なものだってあると思うのですよ。つらくなることや悲しくなることがわかっていても、避けるべきじゃないことは必ずある。私はそう思います」

僕の無言をどう受け取ったのか、先生は一転して柔和《にゅうわ》な笑みを浮かべて言った。言葉に重みを感じる。これまでの経験がそうさせているのだろう。

「それは……」

その通りだと思った。学校現場にいたとき、生徒に言ってきたことだ。

学生は学生で様々な悩みを抱えてつらいことも多いが、それを乗り越えてこそ成長があると、そんな言葉をこれまでにもかけてきた。生徒たちにそう言いながら、僕も自分自身に言い聞かせるようにしていた向きもある。

「それに、常盤さんご自身が、話すべきかどうか迷っている。それならば、私の立場としては、やはり話してほしいと思いますね」

「どういうことですか？」

今度は先生の言っていることがまったくわからなかった。真意を知りたい一心で、ためらわずに質問した。

「不謹慎な話ではありますが、この仕事をしていますと、似たようなケースには数多く立ち会います。ですが、これまでの私の経験上、ご病気になられた方は、身内以外にはあまり話そうとしないことが多いです」

それはなんとなくわかる。僕だって、学校を辞めるときは「健康上の理由」にとどめた。校長や一部の事務方には話してあるが、同僚や生徒たちには隠してもらうように頼んである。僕の病気を知っている人は、両親と病院関係者を除けばほとんどいないのである。

「それ自体に否定的な意見を言うつもりはありません。みなさん真剣に悩んでそれぞれの結論を出しているのでしょう」

終活とか、エンディングノートとか、そういう話だろう。一年前は自分には関係ないと思っていたが、一ヵ月前にはある程度その活動も終えたつもりだった。

「ですが、今、常盤さんは悩んでおられる。それはつまり、まだ話したい誰かがいるということに他ならない。そして、今ならまだ、話すことができる状態にある。話したいけど話せないのではなく、話そうと思えば話せるのでしょう？」

「それは……はい。そうですね」

すぐに印南姉妹の顔が浮かんでしまう。話しても話さなくても、これから先幾度となく二人の笑顔を思い浮かべることになるだろう。

「そのように思える人がいることは素晴らしいことです。それに、逆の立場ではなかなか難しいですからな」

「逆の、立場？」

「今回の常盤さんとは少し状況が違いますが、たとえば身内の方の死期が近づいているとする。そのときに、見送らなければならない人からすれば、逝《い》ってしまう前に少しでも多くの言葉をもらいたいと思いますよね」

「…………」

今度は両親の顔が浮かんだ。病気がわかったときにたくさん話はしたが、そのときから家族で心から笑えることなんてなかったと思う。特に母は、いつも悲しげな顔で、僕に対して申し訳ないという思いを隠さずにいる。それを見るのがつらくて、最近はあまり体調の話はしないようにしている。

「ですが、残される側は、なかなか聞きたいことも聞けないものです。葬儀《そうぎ》や相続についてはともかく、他愛《たわい》のない話や思い出話だってしたいでしょうけど、どこかためらってしまう。身内でないならば、なおさらでしょう。いつ来るかわからないそのときを、それなりの覚悟を持って待つことになる」

「それはまぁ、そうでしょうね」

特に、未来の話はしづらいだろう。僕を例にするならば、描いた絵をコンテストに出してみよう、というような。

「ただね、これからの時間、当たり障りのない会話だけをするのはもったいないと、私は思うのですよ。だから私は、常盤さんにはその人に話をしてほしいと思うのです」

僕から話さない限り、今の状況は動かない。結果が同じならば、そこに至るまでの過程を考えるべきだと、先生は言っているのだろう。

「常盤さんにだって話したいことはあるのでしょう。そして、そのお相手の方だって、常盤さんと話したいことがあるはずです。今ならまだ間に合う。ならば、私は背中を押したい。もっと言ってしまえば、本当のことを知らずに離れ離れになってしまうなんて、耐え難い。私はそう思いますね」

何も話さなかった場合、本当のことは隠しきれると思っているのだが、それは難しいのだろうか。

もしもあの二人が、いつかどこかで僕のことを知ってしまった場合、そのときはどう思うのだろう。とてもじゃないけど想像することなんてできない。

少し前までは、僕のことなんて忘れて元気に楽しく暮らしてほしいという気持ちが強かった。

しかし今は、それはとても寂しいと思ってしまっている。だからこそこうして悩んでいるわけだが、これは身勝手というものではなかろうか。

「まぁ、あくまでも私の個人的な意見です。どうされるかは、常盤さんが決めたらよろしいでしょう」

「……そうですね。もう少し、考えてみます」

そうは言ったものの、僕の中ではすべて打ち明ける方向に気持ちは傾いている。ただ、問題はどう伝えるかだ。そこが非常に難しい。特に紫さんには。

このことは家に帰ってから真剣に考えよう。ひとまずそう決めて、僕は診察室を去ることにした。

去り際のあいさつをしたとき、先生の表情がとても柔らかなものに見えた。その様子からも、話したほうがいいと発破《はっぱ》をかけられているような気になった。

帰りに新しい薬をもらって、病院の外に出る。雨は降り続いていて、いつも絵を描いている広場には誰もいなかった。

このタイミングで印南姉妹に遭遇したら厄介《やっかい》だと思った僕は、傘で顔を隠すようにして静かに歩いて家路に就いた。

6

あれからさらに一週間が経った。最近は天気も安定してきていて、今日も僕は、もはやいつもの場所となりつつあるベンチを陣取り、絵の完成に向けて作業を続けている。

ここ二週間ほど、紫さんにも翠さんにも会っていない。積極的に会わないようにしているのではなく、ただ単に予定が合わなかっただけだ。二人だって学校だったりお仕事だったりがあるのだから、意図せず会うことなんてなかなかないのである。

それでも、紫さんとはときどきSNS上でメッセージを送り合って交流は続けていた。画面上では他愛のない話が多く、就活の話とか翠さんのことを話すことはなかった。描きかけの絵の話をされるのはよかったが、個展の話をされたときは本当に心が痛かった。

僕のほうはというと、主治医の先生と話したことを頭の中で整理し母親にも相談した。そのときも母は泣きそうになっていたけれど、先生と同じように話したほうがいいんじゃないかという助言をくれた。

大人二人の支えを得て、病気のことを印南姉妹に打ち明ける決心はついた。やはり何も言わずに二人の前から姿を消すことなんてもうできないと思った。

そう決めた僕は、それなりの強い覚悟を持って、「翠さんと話がしたい」と紫さんに伝えた。

すると、彼女は僕と翠さんの予定をすり合わせようとするのではなく、すぐに翠さんの連絡先を教えてくれた。楽しげな絵文字がいくつも添えられていて、僕とはまったく別のことを考えているであろうことが容易にうかがえる。

きっと僕と翠さんの仲が進展すると思ったのだろう。

無機質なスマホの画面を見ていても、紫さんの楽しそうな嬉しそうな様子が伝わってくる気がして、僕は一人で勝手に心を痛めた。

そして今日、僕は翠さんと会う約束を取り付けた。前回と同様、絵を描きながら待つことにしたのである。

「こんにちは」

絵を描くことに集中していたらいつの間にか約束した時間になっていて、少しも遅れることなく翠さんがやってきた。最近は徐々に暑くなってきていて、翠さんの服装も少しずつ夏に向けて変わっているようだ。半袖のカットソーに水色のベストで、肌を健康的に露出している。前回よりもくだけたファッションに見えるけれど、それに浮足立《うきあしだ》つわけにはいかない。

「来てくれてありがとうございます。どうぞ、座ってください」

なんて、これじゃまるでこのベンチが僕の所有物のようじゃないか。翠さんに気づかれないように苦笑いを浮かべつつ、スケッチブックなどの道具を片付ける。

「それで、お話というのは……」

少し言いにくそうではあったが、翠さんのほうから切り出した。

今日は僕から呼び出したんだ。伝えるべきことはしっかり伝えないと。

「お伝えしたいことといいますか、報告したいことと、お願いしたいことがあります」

言い方がよくなかっただろうか。僕の険しい表情も相まってか、翠さんは明らかに身構えた様子で僕の顔を見る。どちらを先にしましょうか、なんて言える空気ではない。

「まずは報告から。と言っても、すでに耳に入っているかもしれませんが」

「なんでしょう。紫からは特に何も聞いていませんが」

やはり言っていないのだろうか。これは話してくれとも言われていないし、秘密にしておいてくれとも言われていない。

「紫さんがどんな仕事に就きたがっているか、教えてもらいました」

僕のこの言葉に翠さんは、心底安心したような表情を見せた。一気に緊張が解けたようで、声のトーンももとの調子になった。

「そうなんですね。あの子ったら、私には何も話してくれないのに」

「僕から聞いたんで、翠さんも聞けば話してくれたかもしれませんよ」

「どうでしょうね。それで、あの子は何になりたいって言ってましたか?」

「図書館の司書さんか、旅行代理店の企画の仕事に興味があると」

紫さんの言葉を借りれば、まずは現実的なほうから伝えることにした。夢のほうは、翠さんの反応を見てから決めるつもりだった。

「へぇ、いいですね。読書が好きだから、図書館はぴったりですね。旅行代理店は、ちょっと意外です」

我が子の成長を喜ぶように、翠さんは笑った。こうあってほしいという願望はないと言っていたけれど、やはり思うところはあったんだろう。

「意外なんですか？」

「そうですね。あんまり旅行とか好きじゃないと思っていたんで」

なりたい理由までは聞いていなかったから、そのことが僕にとっては意外だった。旅行も好きそうな感じなのに。

「どちらも、耳がよくなくても務まる仕事だと思います」

「……そうですね。それを考慮して選んだんでしょう」

きっとそうなんだろうな。聴覚を失う前の紫さんのことはまったくわからないけど、幼い頃からの憧れではないだろう。

「どう思いますか？」

「もちろん応援しますよ。そのふたつなら、家から通える場所も選べるでしょうから、私は賛成です」

実際に就職活動を始めるのはもうしばらく先のことだとは思うが、見通しが立ったのはいいことだ。翠さんが安心する気持ちはよくわかる。

「いい会社に巡り合えるといいですね」

「はい。私も全力でサポートします」

翠さんの助力《じょりょく》があれば、それは間違いなく大きな力になる。僕は一般企業に向けた就活はしていないから、残念ながら力になれそうにない。

「それと、紫さんにはもうひとつ夢があって……」

落ち着いた雰囲気だったから、この話もさせてもらうことにした。やっぱり僕だけが知っているのはよくないと思った。

「夢、ですか？」

「はい。秘密にしてくれとは言われていないんで、共有させてください」

「ふふっ。やっぱり常盤さんは私たちのどちらにも味方しないんですね」

だからどうしてそうなるんだろう。両方の味方にはどうやったらなれるんだ。

「それで、あの子の夢は何なんですか？　これは二人だけの秘密にしておきましょう」

僕が言うのをためらっていると、きれいな笑顔を見せて翠さんはそう言った。二人だけの秘密という言葉の響きが少しだけくすぐったい。

「小説家になりたい、と」

「……そうですか」

「あんまり驚かないんですね」

僕も似たような反応をしたから人のことは言えないが、もっと大きなリアクションが見られるものだと思っていた。僕の見ていた限り、翠さんは瞬《まばた》きひとつしなかったと思う。

「読書が好きですからね。それに、あの子がパソコンで何か文章を作っているのは、なんとなく知ってましたし」

そうだったのか。それでも、紫さんから直接聞いていないということは、紫さんとしては秘密にしておきたいことなのかもしれない。僕が言ってしまってよかったのだろうか。なんて、もう手遅れなんだけど。

「今はまだ書きかけだそうです」

「そう。書き終わったら見せてくれるんですかね」

「さぁ……。そこまでは聞けませんでした」

「私だったら見せられないかなぁ」

「そういうものですか？」

「え、恥ずかしくないですか？」

どうなんだろう。

僕は自分の描いた絵を見せるのに抵抗はないが、小説となると話は別なのだろうか。

「僕はともかく、翠さんには見せてあげるんじゃないですか」

「いえ、それはたぶん逆ですよ。私よりも常盤さんのほうが見せやすいと思いますよ」

つまり、身内には見せづらいということか。子どもの頃に学校で書いた作文を大きくなってから親に読まれるのは恥ずかしいとか、それと同じようなものなのだろうか。

「僕としては、そっちもがんばってもらいたいんですけどね」

「それはもちろん、私もです。ただ、小説家ってどうやったらなれるんでしょうか」

「働きながら作品を書いて、新人賞に応募するって言ってました」

「きっと狭き門なんでしょうね」

おそらくそうだろう。それでも翠さんは、紫さんの夢を否定することはないだろう。就職しないで作家を目指すと言い出したら止めたのかもしれないけれど。

報告はこれで終わりだ。紫さんの就職活動や一人暮らしの件については、ひとまず方向性が決まったといえよう。

次はお願いだ。なかなか話しづらいし翠さんも聞きたくないだろうとは思うが、翠さんにだけは話しておきたいのだ。

「今のが、ひとつ目のお話ですか？」

僕が次の言葉を出せずにいると、それを見かねたのか、翠さんが声をかけてくれた。このときのふわっとした笑顔を見てしまうとますます言い出しにくくなるのだが、腹を決めるしかない。

「そうですね。次はお願いしたいことです」

「なんでしょう。私にできることでしたら」

僕が何を言おうとしているのか、予想は立っているのだろうか。もしそうだとしても、その予想が当たることはまずないだろう。

「僕のことなんですけど」

「常盤さんのこと、ですか？」

手を膝の上に置いて、翠さんは身体をわずかに傾けた。「聞きますよ」と、優しく包み込んでもらえたようだった。

「はい。前に、僕が紫さんの彼氏になってくれたら嬉しいって、言ってくれましたよね」

「そうですね。今もそう思ってますよ」

屈託なく笑う翠さん。まっすぐな黒髪が小さく揺れる。

「実は、紫さんからも同じようなことを言われまして」

「え、そうなんですか？　あの子ったら、ずいぶん積極的ですね」

「あっ、いえ、そうじゃなくて……」

紫さんが僕に告白をしたと思ったのだろうか。驚いたようではあっても笑顔を崩さない翠さんの言葉を遮る。

「紫さんに、翠さんと付き合う気はないかって、言われたんです」

言い終わるのとほぼ同時くらいに、翠さんの頬がほんのり赤みを帯びたように見えた。きっと僕はもっと赤くなっている。

「そ、そうだったんですね。あはは、やっぱり姉妹で似てしまうんですね」

翠さんは平静《へいせい》を保とうとしたけれどうまくいかず、決まり悪そうに頬を掻いた。無理もない。本人を前にして言うことじゃない。

「正直言って、かなり嬉しかったですよ。僕からすれば、おふたりともすごく魅力的な女性ですから」

「そんな……」

「それでも、僕はおふたりとお付き合いするわけにはいかないんです」

「…………」

翠さんは小さく息を吸い込むだけで、何も言わなかった。ただ、何か言おうとしているようにも見えたので、少し間を取ることにした。

「それがお願いしたかったこと、ですか？」

僕の顔を覗き込むようにして、翠さんは尋ねた。言外《げんがい》に「そんなはずないですよね」という言葉を含めた、悲しい笑顔だった。

「いえ、それはこれからです。すみません、話し方がうまくなくて」

翠さんは黙って首を振った。「話してください」という切実な願いが込められていて、手話とはまた別のコミュニケーションが成立していると思った。

「僕がここに通っている理由、ご存じですか？」

話が急に変わったからか、翠さんは不安そうに首をかしげ、ためらいがちに答える。

「絵を描くため、じゃないんですか？」

「それはもちろんです。それとは別に、その前の段階といいますか、そもそもどうして僕がこの病院にいたのか、です」

翠さんと出会ったのがまさにこの広場だが、あのときは緊急地震速報がきっかけで、僕がなぜ病院にいたのかは話していないはず。それにしても、さっきから緊張してうまく言葉が出てこない。指示語ばかりになっている気がするが、きちんと伝えられるだろうか。

「……すみません。わからないです」

声がわずかに震えていた。わかったとしても、言いたくないのだろう。絵を描く以外で病院にいる理由なんて、想像に難くないよな。あのときは友人の見舞いだったけれど、この流れでそんな発想に至るはずがない。

「僕も、病気なんです」

「…………」

翠さんの表情から一瞬だけ色が消えた。それからみるみるうちに青ざめて、視線は左右に泳いでいる。本当に申し訳ない。

「膵臓《すいぞう》に大きな腫瘍《しゅよう》ができちゃって。見つかったときはもう手遅れでした」

「そんな……！」

「すみません。いきなりこんな話をしてしまって」

翠さんが険しい表情を見せた一方で、僕は微かにだけど笑っていた。ずっと胸のうちに抱えていたものをようやく吐露《とろ》することができて、ほっとした気持ちがあるのも事実なのだ。

「去年の健康診断で再受診を言い渡されて、精密検査をしたら見つかったんです。何の前触《まえぶ》れもなかったっていうか、そのときはさすがに驚きました」

話してしまえばなんてことはないと、僕はぺらぺらとしゃべり始めた。

病気を理由に仕事を辞めたこと。

年明けくらいから少しずつ症状が出てきて通院を始めたこと。

お金がかかるし苦痛も伴うから抗がん剤治療などの化学療法は行わず、痛み止めだけもらって延命措置はしないと決めたこと。

最近は体調がよくないことが多くて、もうすぐ入院すること。

保険に入っておけばよかったと後悔したこと。

そのようなことを訥々《とつとつ》と語っている間、翠さんはずっと沈痛な面持ちで、僕の言葉を遮ることなく聞いてくれた。

「本当にすみません。せっかく仲良くしてくれていたのに、こんなことになってしまって」

謝るべきはそこじゃないような気もしたが、翠さんが泣きそうな顔になっているので、話を先に進めさせてもらうことにした。

「もう少し、いいですか。すみません。なかなかお願いにたどり着かなくて」

僕がそう言うと、翠さんはそっと目元に手を送り、そのあとすぐにまっすぐに僕の顔を見て小さな声で「なんでしょう」と言った。

「今描いている絵が描き終わったら、見てもらえますか」

翠さんは何も言わずに顔をゆがめたあと、手で口をふさぐようにしてうなずいた。

本当に表情豊かな人だ。もっと楽しげな笑顔をたくさん見たいのに、僕はそれをつくり出せない。

「もう少しで描き終わるんです。このスケッチブックを全部埋めることはできそうもないんですけど、他の絵も含めて、おふたりにプレゼントできたらなって」

これが今の僕にできる唯一の贈り物だ。今描いているもの以外は二人のために描いたものじゃないけど、それでも受け取ってほしいと思った。

「……いいんですか?」

声を詰まらせた翠さんに、僕は今できる精いっぱいの笑顔でうなずいてみせた。断られなくて、本当によかった。

これで安心してしまった僕は、翠さんの様子をうかがうことなくもうひとつのお願いをすることにした。こっちは聞き入れてもらえないかもしれないけれど、頼まないわけにはいかない。

「それと、僕の病気のことは、紫さんには秘密にしてもらいたいんです」

「それは……！」

僕が言い終わる少し前に反応した翠さんは、苦悶《くもん》の表情を浮かべて下を向いた。

瞬時に紫さんの顔を思い浮かべ、どうするのが正解かを考えているんだろう。話したいけど話せないし、僕から話してくれとも言えずに困っている。そんな感じだった。

「紫さんの悲しむ顔、見たくないんです」

翠さんは泣きが入った顔で黙り込んでしまったから、僕は少しでも慰《なぐさ》められたらと、穏やかに静かに話したいと思った。今はそれができたと思う。

「でも……」

「彼女にはいつも笑顔でいてもらいたいんです。それに、僕は彼女に、とんでもない嘘をついてしまったんです」

「……嘘、ですか？」

「聞いているかもしれませんけど、絵についてです」

「なんでしょう。たぶん聞いてないと思います」

それは意外だな。紫さんは嬉々《きき》として話していそうなのに。自分が小説を書いているのと同様に、秘密にしておこうと思ったのかな。だとしたら余計に申し訳ないな。

「紫さん、僕の絵をすごく気に入ってくれて」

「はい。家でもしょっちゅう話してますよ」

「コンテストに出したらどうかって、言ってくれたんです」

「そうなんですか……。すみません、勝手なことを言ってしまって」

「いえ、紫さんは何も悪くないですよ。そう言ってもらって嬉しかったですから」

「じゃあ、それに応募するって……」

消え入りそうな声だった。コンテストに挑むだけなら今からでも間に合うだろうから、それ自体はそんなに絶望するようなことではない。

「違うんですよ。コンテストに出す気はあんまりなくて、その代わりに個展なんかが開けたらいいなって、そう言ってしまったんです」

病気になる前から考えていた、なんてことはない。だけど、紫さんのように僕の絵を見て喜んでくれる人がいるのなら、個展が開けたらいいなと思ってしまったのだ。コンテストで他の人と競うんじゃなくて、僕の絵だけを飾る場所が作れたらいいなと、一瞬でそう思ってしまったのである。

「……私も、見てみたいです」

翠さんは思いつめたような表情で、僕の目を見て言った。その瞳には哀願《あいがん》の想いが露《あらわ》に浮かんでいるように見えた。

「それで、どうやったら個展が開けるのか調べてみると、言ってしまったんです。どう考えたって間に合わないのに」

今さら僕は、個展の開き方を調べるつもりはない。嘘をつきたくないという思いはあるが、それよりも虚《むな》しさが残るのが嫌だった。

「紫はきっと、常盤さんの個展を楽しみにしてると思います」

僕のほうは見ずに、自身の気持ちを押し殺すようにして翠さんは言った。その返答には、どうにかして個展を開いてほしいという翠さんの願いも含まれているように思えた。

「そう思うと、合わせる顔がないんですよね。だからこうして、翠さんにだけ伝えようって思ったのかもしれません」

「そんな……」

翠さんは上半身ごと僕のほうへと向き直って、何か言いかけて黙る。わずかな沈黙の間に、小さな子どもを連れた夫婦が、僕たちの前に影を落として歩いていく。

「でも、念のための保険はかけておいたんで、最悪それで押し通せばいいかなって」

「保険、ですか?」

紫さんと初めて会ったときから、自分の余命が残りわずかだということはわかっていた。まだ数回しか会っていないのにこんなに仲良くなるとは思わなかったから、誤算といえば誤算だけど、ちゃんと伝えておいてよかった。

「僕は嘘つきなんです。個展は開けませんし、紫さんの就職活動を見守ることもきっとできないでしょうし、もちろん彼氏にもなれない」

描く絵にひとつ嘘を残すという話をしたときに、自分が嘘つきであることは伝えてある。だからこの件も、その嘘のひとつだと主張すればいい。

翠さんと秘密を共有することになるが、それも全部僕が主導で行ったことだから、翠さんは何も悪くはない。僕だけが悪者になればいい。

そんな話を翠さんにもすると、翠さんは憂いた声でこう言った。

「そんなの……。紫はなんて言うか」

僕の病気が知られてしまったときのことだろうか。それとも、僕と翠さんが秘密を持ったことに対する反応だろうか。あるいはもっと先の、僕がいなくなってからのことか。

「すみません。翠さんには大きな負担になってしまうと思いますが、何も言わずにおふたりの前から姿を消すというのは、どうしてもできなくて……」

はじめはそうすることも考えた。

二人には何も告げずに黙っていなくなる。そうすることが最善だと何度も思った。しかし、それができないくらいに仲良くなってしまったのだ。

「紫に話すわけには、いきませんか？」

無理なお願いだとわかっていても、言わずにはいられなかったんだろう。翠さんには珍しい、平坦《へいたん》な声だった。

「それも考えたんですけど、手話で伝えるのは難しいかなって」

そんな理由でって思うかもしれないけど、僕にとっては大事なことだ。少なくとも、スマホを介《かい》して伝える気にはならないし、翠さんに伝言をお願いする気も毛頭《もうとう》ない。

「私、隠し通せる自信がないです」

「それじゃあ、どうしてもつらくなったら、そのときは紫さんに話してください。紫さんがどんな反応を見せるのか、僕には想像できませんけど」

「それは私も……」

やはりショックを受けるのだろうか。泣いてしまうのだろうか。もしかしたら怒るかもしれない。いずれにせよ、僕はそんな紫さんを見たくない。

「翠さんさえよければ、入院したときの僕の居場所は教えます。絵が描き終わったときとか、病状が悪化したときなんかも、連絡できればと思うのですが……」

ここまで話したところで、急に込み上げてくるものを感じた。今まさに口にしたような状態を無意識に想像してしまったのだろうか。

「すみません……」

自分でもよくわからないが、なぜかこのタイミングで涙がこぼれた。翠さんは必死にこらえてくれたはずなのに、僕にはそれができなかった。

「これ、使ってください」

隣からそっと差し出されたハンカチを手に取る。手触りがよいそれは翡翠色をしていて、それがわかってしまってさらに涙があふれた。

「……いろいろ、考えたんですよ」

涙を拭《ぬぐ》いながら、震えた声で僕は言った。何も考えることなく、自然と言葉が出てきた。

「え？」

「もしも病気になんてなってなかったらって……」

最初に病気を宣告されたときは、このことを何度も考えた。

どうして病気になったんだと。どうして自分なんだと。それはもう、何度も何度も。

ただ、いくら嘆《なげ》いても現実は何も変わってくれないし、病状も悪くなる一方だったから、自然と諦めもついたのだろう。いつからか残された時間を大切にしようと思うようになった。

それからは絵をたくさん描いた。

スケッチブックに向かっている間は余計なことは考えずに済むし、もしかしたら心のどこかで、僕が生きていた証《あかし》を残したいと思ったのかもしれない。

そんなときに、紫さんと翠さんに出会った。余命が長くないとわかってから、あんなふうに自己紹介をすることはなかった。

この出会いがあったから、封じ込めたはずの気持ちが再び表れてしまったのだ。

「……常盤さん？」

おっといけない。中途半端に言いかけて止まってしまった。翠さんには本当に申し訳ないけど、こうなったら全部話させてもらおう。

さっきこぼれた涙はすっかり引っ込んでいて、僕は大きく深呼吸をしてから、ゆっくりと話し始める。

「紫さんと出会って、翠さんとも出会って、少しだけ手話でお話しして」

「あのときは、失礼しました」

登場したときの翠さんの剣幕《けんまく》はすごいものがあった。あんな表情と声音《こわね》、もう二度とごめんだ。

「実は僕、あのとき初めて実際に手話を使ったんです」

「そうだったんですか。あまりそうは見えませんでしたけど」

「不謹慎かなとは思いますけど、ちょっと嬉しかったんです。あんなふうに耳が不自由な人と通じ合うことができて」

「…………」

たぶんだけど、あの場で僕が手話を見せなかったら、今みたいな関係にはなっていないだろう。何の打算もなかったけれど、あの行動は果たして吉だったのか。

翠さんは唇をぎゅっと噛んで、表情をゆがめるだけだった。翠さんにとって、僕との出会いはどういうものなのだろう。聞きたいけど聞けない。

「紫さんが手話を使いながら見せてくれた笑顔が印象的で、また会えたらいいなって、ちょっとだけ思ったんです」

「あの子も言ってました。病院に行けば会えるかなって」

二度目に会ったときは、紫さんから声をかけてくれた。待っていたわけでも探していたわけでもないのだが、会えて嬉しかった。

「再会して、ちゃんと自己紹介をして、絵を見てもらって、たくさん話しました。会ったばっかりとは思えないくらい、深い話をしたと思います」

「それだけ常盤さんのこと、信用していたんでしょう」

「それが嬉しくて、もっと仲良くなりたいって思っちゃいました。おかしいですよね。病気のこと、わかってるはずなのに」

「そんなことは……」

横目で見ていても、翠さんがうつむいているのがわかった。僕は僕で、翠さんに顔を向けられない。

「それから翠さんともちゃんと話して、あろうことか紫さんの彼氏になんて提案されて」

「本当にすみませんでした。事情を知らなかったとはいえ、あんな軽はずみに……」

「やめてくださいよ。あのときはすげなく断りましたけど、内心では飛び跳ねるくらい嬉しかったんですから」

「自分ではもったいないって、そう言ってましたよね。私はただ、謙遜されているとしか思えませんでした」

あの場で病気のことを打ち明ける気にはならなかった。出会ったばかりの人に言うことではないとは思っていたが、仲良くなってしまうともっと言いにくくなってしまうとは、とんだ見込み違いだった。

「次は紫さんにも同じようなことを言われて。もう完全に舞い上がっちゃいますよ。こんな素敵な姉妹の恋人候補になれるなんて、今までの人生にはなかったです」

「………」

「そんなだから、つい考えちゃったんですよ」

「何を、ですか」

「翠さんか紫さんとお付き合いするようになって、三人で一緒に暮らすようになったら、きっと楽しいんだろうなって」

「常盤さん……」

「翠さんと紫さんのどちらかを選ぶなんて僕にはきっとできないから、不思議な関係になるのかもしれませんけど、とにかく家族みたいになってて」

翠さんは今、どんな顔をしているんだろう。僕はさっきからまた声が震えてきちゃってるし涙も出そうだから、まともに翠さんの顔を見られない。

「紫さんの耳が聞こえなくても、そんなのたいした問題じゃないって。三人で助け合っていけば絶対に幸せになれるって、根拠はないけど自信だけはあって」

「……はい」

「それでもまぁ、いろいろ大変なこともあるんでしょう。仕事のことだったりお金のことだったり、普通にけんかすることもあるでしょうし」

翠さんも何かを言おうとしていたのかもしれない。それでも僕は、早口でもなければ間を置くこともなく、ポツポツと話し続けた。

「それで、いつか三人で公園とかを歩きながら、そう言えば出会ったときは、なんて話をして」

「…………」

「紫さんは緊急地震速報に気づいてなかったねとか、最初の翠さんはすごくおっかない顔してたねとか、僕の手話は下手だったねとか言って……」

隣から鼻をすするような音が聞こえた。これは僕のひとりごとにさせてもらおう。

「あの頃が懐かしいねーなんて言い始めて、その頃はもう、紫さんは立派な大人になってて、就職活動とか一人暮らしとかで悩んだねーって」

「…………」

「僕は僕で絵を描き続けてて、翠さんも自分の好きなことができてて、今はなんにもつらいことなんてないよねって、三人で笑って……」

少し前から僕の視界は涙でぼやけている。泣きながら笑って、何を言っているんだろう。どう考えても描きようのない未来予想図なのに、たまらないほど愛《いと》おしい。

「今、幸せだねって、そんなふうに……」

ここまで言って、僕は翠さんのほうを見た。彼女ももう、隠す気はないくらいに泣いているのがわかったから。

僕は持ったままでいた翡翠色のハンカチを返して、話を続けるのをやめた。翠さんが落ち着いて何かを言い出す前に、僕も全力で涙を拭った。

「……すみません」

翠さんが声を出すまで、それなりに時間がかかった。

こんなときでも、もしも僕と翠さんが恋人同士だったなら、もっと違った対応ができたのかもしれないと思ってしまう僕は、どうしようもないくらいに愚《おろ》か者だ。

「……僕からお伝えしたいことは、これで終わりです」

一方的に話をしてしまったのだから、せめて区切りぐらいはしっかりしておこう。いつまでも二人でここに留まってもいられないのだから。

「少し、整理させてください」

「はい。今日は僕が先に帰りますね」

僕はやおら立ち上がり、片付けてあった道具類を手に取り、頭を下げてこの場を去った。

このあと翠さんは、紫さんにあれこれ聞かれるのだろう。

紫さんはまさかこんな話になっているとは思わないだろうから、楽しいガールズトークを繰り広げるつもりでいるに違いない。

心を弾《はず》ませて姉の帰りを待っている紫さんが想像できてしまうのがつらいし、そんな紫さんの相手をする翠さんの心情を思うと心苦しい限りなのだが、翠さんならうまくやってくれると信じたい。

自分勝手な僕を許してくださいと思いながら、振り返ることなく病院の敷地を出た。次にここに来るときは、苦しい入院生活の始まりだ。

病院の敷地から出て、歩く速度を落として考えた。「これでよかったんだよな」と、自問自答ではなく自己正当化をして自分を無理やり納得させた。

そして家に帰り、だいぶ仕上がってきた病院の広場の絵を眺めた。あとは微調整と、ひとつの嘘を書き足すだけだ。何を描き足すかはもう決まっている。

今回の絵は、我ながらうまく描けていると思う。やっぱりこの場所を選んで正解だった。広場を囲む木々の緑と視界いっぱいに広がる芝生、そして足元の花に噴水、さらに青空もいい具合に映《は》えていて、この上ないロケーションだ。

そんなことを考えつつぼんやりしていたら、ごく自然に涙がこぼれた。

この絵はこんなにうまく描けているのに、僕の人生は下書きだけで終わってしまうと思ったら、涙なんて簡単に流れるか。

人生設計として、何か特別なことを思い描いていたわけじゃない。

子どもの頃の夢だった仕事には就けたし、先生の仕事をしながら好きな絵を描いて、そのうち誰かと結婚して子どもを育てて、派手じゃなくても幸せな人生を歩んでいきたいと、そう思っていた。

仕事はとても忙しかったけど、つらいと思うことはなかった。

仕事と家事ばかりで遊ぶ余裕なんてなかったから、彼女の一人もいなかったけど、それでも充実していた。

人生の下書きはいい感じに進んでいて、これから少しずつ色を付けていけばいいと思っていた。

そんなときに病気が発覚して、その瞬間に僕の人生は色褪《あ》せてしまった。

描きかけの絵を破り捨てるように人生を終えたいと思ったときもあったが、今はせめてきれいな下書きのままこの絵を完成させたいと思うようになった。

もう少しで終わりというところで、印南姉妹に出会った。この出会いが僕の人生に最後の光を射《さ》す形となり、ほんのわずかだけど彩りを持たせてくれた。

そういう意味でも、あの二人には感謝しかない。そんな彼女たちに僕がしてあげられることはただひとつ。この絵を完成させて届けることだ。

それを最後の生きる糧《かて》にして、これからの入院生活を過ごそう。体は痛むけれど、気力だけは失いたくない。

そう思いながら、先週から新しくなった薬を飲んだ。強い薬のはずなのに、そこまで効いていない気がする。もうちょっとだから、がんばらないといけないのに。

第二部　色付け

1

常盤さんと別れたあと私は、一人で病院の広場のベンチに腰かけたまま、しばらく動くことができなかった。頭の中で、常盤さんの言葉を何度も繰り返す。

常盤さんが病気だなんて、考えもしなかった。最初に会った日に別れたあと、あの人はどうして病院にいたんだろうと思ったけど、絵を描いていることがわかってからは、絵を描くためだけに病院に通っているのだと勝手に思い込んでいた。いくらあの病院が開放的だからといって、まったく縁のない人が訪れることはないだろうに。

常盤さんと初めて会ってからおよそ二ヵ月、まだ数回しか会っていないけれど、体調が悪そうには見えなかった。最近は体調がよくないって言っていたから、私たちの前では元気そうに振る舞ってくれていたのだろう。

そう思うと、二人して常盤さんを彼氏にできたらと浮かれていた自分たちのなんとお気楽なことか。常盤さんはそんな私たちをどう見ていたのだろう。

そんなことを考えても何もわかりっこないと、少しずつ茜色《あかねいろ》に変わりつつある空を見上げて一人で首を振った。このあとのことを考えないと。

常盤さんは、紫には黙っていてほしいと言った。今のところ言われた通りにするつもりだけど、この秘密は私ひとりでどうにかできるものでもない気がする。

仮に私が常盤さんと距離を置くようにしても、紫だって常盤さんとコンタクトが取れるんだから、そのうち紫のほうから会おうと持ちかけるはず。常盤さんはそれを想定して、今のうちから断り文句を考えているのだろうか。

なかなか会えないとなったら、次に紫はきっと、私に何かあったのかなと聞いてくる。そこで私は何も知らないと言えるのか。

たとえうまく切り抜けたとしても、絵が描き終わったときや病状が悪化したときはどうなる。私とは会ってくれるみたいなことを言っていたけど、それだって隠さなくちゃいけないとなると、難易度が高すぎる。

しかも、絵は見せてもらうだけじゃなくて、プレゼントしてくれると言っていた。

絵を見せないというのはさすがにありえないとして、どうやって紫に渡せばいいんだろう。常盤さんからもらったって言えば、紫は会いたがるに決まってるし、郵便で届いたと言っても、どうしてわざわざと、怪しまれるに違いない。

そこまでの過程がどうあれ、絵を見せるときにはすべて話さなくちゃいけなくなる。常盤さんのお願いはそのときまで、ということでいいのだろうか。いや、違うか。そのあとの紫の対応までをまかされたのだろう。いよいよ無理がある。

すべてを知った紫はなんて言う？　怒ったり泣いたりする紫を、私は受け止めきれる？

つらくなったら話してもいいと、常盤さんは言ってくれた。とはいえ、私の弱さで、常盤さんのお願いに背《そむ》くのも嫌だ。できるなら常盤さんの言う通りにしたいけど、紫の気持ちを思うとすべて話したいという気持ちもある。

あのときの常盤さんの雰囲気からして、おそらく残された時間は長くない。時間が限られているとわかっているなら、せめてその時間を有意義に使いたいとも思う。

もう一回常盤さんと会って、紫を交えて三人で話せないか相談するのはどうだろう。

私が真剣に悩んでいることを話せば、常盤さんならわかってくれる気がする。ううん、常盤さんだって相当悩んで私にだけ打ち明けたんだ。それなのに、私だけ簡単に楽なほうに流れてどうする。

考えて、考えて考えて、どんな気づきがあっても、全然納得できる気がしなくて、何ひとつ収穫なんてないまま思考を進めていたら、いつの間にか空が暗くなり始めていた。

茜色から群青色《ぐんじょういろ》へと変わった空を見つめ、私は立ち上がった。そろそろ帰って紫にごはんを作らないと。

家までの道を歩いているときは、帰ってから紫になんて言おうかをずっと考えた。私が常盤さんと会ったことはわかっているんだから、どんな話をしたのか聞いてくるのは明白だ。紫は私と常盤さんの仲が進展することを期待しているはずだから、嬉々として話を聞きたがるだろう。そんな紫の楽しげな表情を思い浮かべると、ますます足取りが重くなる。

本当にどうしよう。このことは誰にも相談できないし、似たような経験をしたこともない。私はどうするのが正解なのか。わかる人がいたら教えてほしいと、心の底から思った。


「ただいま……」

出さなくてもいい声を出して、私は自分の家のドアを開けた。すっかり遅くなっちゃったから、すぐに夕食の準備をしなきゃ。

(おかえり)

居間に入ると、台所にいた紫が笑顔を振りまいてきた。なんとなくいい匂いがすると思ったけど、そういうことだったんだ。

(何作ってるの?)

私は少しオーバー気味に驚いた表情とともに手話を見せる。このタイミングで沈んだ様子なんて見せられない。それでなくても紫は人の表情から気持ちを汲むのが上手なんだから。

(パスタ。お姉ちゃんが好きな)

私が好きなパスタはワカメとシラスの和風パスタだけど、これは紫だって好きなはず。というか、私が作って食べさせたのが最初だ。

私が家に帰る時間を事前に連絡しておいたからだろう。せっかく妹が料理当番を買って出てくれたのだから、私はおとなしく出来上がりを待つことにした。

椅子に座って、このあとのことを考える。動きを止めてしまうと、どうしたって常盤さんのことを考えてしまう。食事が始まったら、どんな話をしよう。

私から話すまでもなく、紫は常盤さんの名前を出すだろう。今日は常盤さんに会いに行くことがわかっていながら、あの子は遠慮しておくと嬉しそうに私を見送った。

きっと、私と常盤さんがいい感じになっていると思っているんだろう。楽しそうに張り切って料理をしている妹の横顔を見て、たまらずため息が出た。

こういうとき、紫の耳が聞こえないのは好都合だ。ため息はもちろん聞こえないし、声のトーンで元気がないことに気づかれることもないのだから。

常盤さんの病気について、どう話したらいいんだろう。一人になってからずっと考えて、どうにか自分の中では整理をつけることはできた。到底受け入れられるものではないけれど、状況は理解した。少なくとも、話が聞けてよかったとは思えた。常盤さんは黙って姿を消すことも考えていたみたいだけど、そうされなくて本当によかった。

それでも、紫にどう説明すればいいかはわからないままだ。あんまり遅くなると心配かけるからこうして帰宅はしたものの、今の私は完全に無策の状態だ。

どんな展開になろうとも、このあとの食事の席で話すことなんてできない。だけど、ずっと隠し通すことも、土台無理だろう。どこかで心が折れるに違いない。

それに、私が何も言わなくても紫が知ってしまう可能性だって十分ある。会えない期間が長くなれば、あの子はSNS経由で連絡をするなり、病院で常盤さんを探すなりするだろう。秘密が明るみに出るのは時間の問題だ。

私から伝えようとそうでなかろうと、本当のことを知ったとき、紫は必ずショックを受ける。おそらく、聴力を失ったときのそれと同等の。

遅かれ早かれ知ることになるのなら、せめてそのときを遅らせてあげるのが優しさだろうか。だけど、そうなったらあの子は、どうして早く教えてくれなかったのと訴《うった》えかけるだろう。そしたら私は、ひたすら謝ることしかできない。

常盤さんの病気を知ったところで、私たちには何もしてあげられない。常盤さんがこの先も私たちに会いたいと思ってくれているのかどうかもわからない。

何をどう考えてもわからないことばかりだし、一人で広場にいたときに考えたことと似たようなことばかりがぐるぐる頭の中を巡ってきて、いい加減混乱してしまう。紫の顔を見たら追い打ちをかけるようにますます気持ちが揺らいできて、まともに食事ができるかどうかも怪しくなった。

それでも時間はちゃんと進んでいて、気づけば私の目の前には温かな湯気《ゆげ》を連れたパスタとスープが運ばれていた。こんなときでもすごくおいしそうに見えるし、ちゃんとおなかはすく。

(おいしそう)

不安定な精神状態でも、不思議と手話を作るときは落ち着くことができた。紫の前ではしっかりしなきゃっていう意識が染みついているのかもしれない。

(今日はいつもよりうまくできた気がする)

(そう。じゃあ、いただきます)

二人で静かに手を合わせ、温かい料理を食べる。パスタもスープもおいしかった。私ほどじゃないけど、すっかりうまくなっちゃって。

食べながら会話を楽しむというのは、たとえ耳が聞こえなくても問題なくできる。普段からそうしているから、もちろん今日も食事の途中で紫の手話が始まる。

(今日はどうだったの?)

顔中に喜色を浮かべている紫に、病気の話なんてできない。まずは常盤さんがしたのと同じように、紫の将来について話す。

(紫がどんなお仕事に就きたいと思ってるのか、聞いちゃった)

なるべく楽しそうに振る舞わなきゃ。表情だけじゃなくて、手話の見せ方とか空気感からも気持ちを汲み取られてしまうのだから。

（なんて言ってた？）

私の態度はいつも通りを保てていたのか、紫は気弱そうに笑ってそう言った。この話題なら普通に話せるから、なるべくこの話を長く続けたい。

（図書館とか、旅行会社とか）

小説家のことは黙っておくことにする。きっと私には隠していたいはずだから。

（どう思う？）

（いいと思うよ。お姉ちゃん、応援するよ）

私の激励を受けた紫は、無邪気に笑ってみせた。それからすぐに料理に手を伸ばしたので、同じタイミングで私も食事を進める。

（おいしい？）

半分以上食べ終えたところで、思い出したかのように料理の感想を求めてきた。このままいつも通りに食事が終わればいいと思った。

（おいしい。腕を上げたんじゃない？）

（嬉しい。でも、まだまだお姉ちゃんには敵《かな》わないよ）

（当然よ。そう簡単に追い越されないわ）

大学生になったときくらいから、紫は少しずつ料理をするようになった。はじめの頃は危なっかしくて見ていられなかったけど、すっかり一人前になったものだ。料理以外の家事はしっかりこなせるし、これなら一人暮らしを始めたって何も問題はないと思う。

そんなことを考えながら、残りのパスタをすべて食べた。スープは少し残っているけど、これはもう少し時間をかけて飲むことにする。

ほぼ同じペースでパスタを食べ終えた紫は、今度は少しだけ引き締まった表情になってこう言った。

(私、しばらくは一人暮らしをしないことにする)

独り立ちを容認してもいいと思った矢先にこの決断。もちろん私は嬉しいけれど、何か思うところがあったのかな。

(いいの?)

余計なことは言わずに、紫の出方をうかがう。私だって表情や仕草で紫の考えていることはすぐわかるから、変に身構える必要はない。

(うん。まだまだお姉ちゃんから学ばなくちゃいけないことはいっぱいあるから)

つまり、ある程度のところまでいったら出ていくつもりなのね。そんなビジョンを思い描いているような顔だった。いや、違うか。私と常盤さんがくっついたら一人暮らしを始めようっていう魂胆かも。

そう思った瞬間、急に閃《ひらめ》いた。

常盤さんの病気に触れずに、常盤さんと距離を置く方法が。

（嬉しい。これからもずっと、二人で一緒に暮らそうね）

紫の動きが止まった。やっぱり感づいたか。

私は「ずっと」の部分を少し強調するように手話を見せた。そして同時に少しだけ悲しさを含んだ表情を見せた。言葉と表情のアンバランスさに、紫が反応しないわけがない。

（……何かあったの？）

二人で暮らそうって言ってるんだから、予想はできてるでしょ。紫だって、そのことを聞きたくてしょうがなかったくせに。

そんなことを考えつつ、私はできるだけ簡潔に今日のことを話すことにした。完全な思い付きだったけど、名案だと思った。

（振られちゃった）

これは嘘じゃない。別に私から告白したつもりはなかったけど、常盤さんは確かに私とも紫とも付き合えないと言った。

（……どうして？）

思えば、何の脈絡《みゃくらく》もなく、常盤さんの名前を出すこともなく、振られたと言っちゃったけど、紫もなんのことかすぐにわかったようだった。やっぱり常盤さんのことがずっと頭にあったってことだね。

私の短い言葉を受けてすぐに、紫の表情から色が失せていくのが見て取れた。そう言えば、こういう話をするのは初めてだな。

(そんなの、私が知りたいわよ)

強がってみせたけど、やっぱりダメだった。紫は私が手を動かすのと同時くらいに立ち上がっていて、私の上に薄い影を落としたあと、潤《うる》んだ目で座ったままの私を見ていた。さっきと違って顔が赤くなっている。

「……」

二の句が継《つ》げなかった私は、曖昧な笑みを浮かべて静かに首を左右に振った。そんな私に紫は、しなだれかかるように、しがみつくように、抱きついてくる。

「どうしてだろうね……」

体を密着させているから、声を出しても紫には唇を読まれることはない。今の気持ちを言葉にすることなんてできそうにないからちょうどいいのだけど、私の体が震えているのは伝わっちゃうから、紫は一層力を込めて私を抱きしめた。

「うっ……うっ、あああぁぁぁぁ!」

一瞬で私の感情は、涙をこらえられる閾値《いきち》を超えた。私の泣き声は静かな部屋の中で行き場を失っていたけれど、紫の耳にも届けばいいと思った。

それからしばらく、私は紫にしがみつかれたまま泣いた。やっぱり誰かがそばにいると涙もろくなる。

私が泣いている理由を、紫はきっと思い違いをしている。だけど今は、それでいいと思った。というか、これが精いっぱいだった。この涙の理由を話すときがくるのかどうか、それさえもわからなかった。

いつまでも泣いていられないから、私はそっと紫を引きはがしてもとの位置に戻らせた。残しておいたスープはすっかり冷めてしまっていたけれど、それでもおいしかった。本当に上手になったものだ。

とてもじゃないけど言葉にできない複雑な気持ちを抱えたまま、私は食べ終えた食器を片付けた。紫が寄り添うように台所までついてきてくれて、それがなんだか嬉しかった。

翌日、常盤さんから一通のメールが届いた。心の準備をさせずに病気の話を打ち明けてしまったことと、紫には秘密にしてほしいという身勝手なお願いをしてしまったことを詫びるような内容で、私はそれを読んで胸が締め付けられるような思いになった。

私は常盤さんの体調を心配するのとともに、驚いたけど聞けてよかったと思っていると、素直な気持ちを綴《つづ》ったメールを返した。それに対して常盤さんは、『聞いてくれてありがとう、気苦労かけます』という短い返事を寄越した。

常盤さんから連絡が来るとは思っていなかった私は、この機会を逃すまいと、ふたつ目のメールを受け取ってすぐに次のメールを送った。

すると、すぐさま常盤さんから着信があった。電話をしてもいいかと尋ねたのは私なのに、かかってくると戸惑ってしまう。

「もしもし」

私はベランダに出てから着信ボタンをタップした。今日は日曜日で、紫は自室にいるけれど、電話しているところを見られたくないと思った。

『常盤です。今、大丈夫ですか？』

どこか心配そうな声音だった。急に電話したいなんて言えば、何かあったのかと思うのは当然だろう。私は意識して明るい声で答える。

「大丈夫です。すみません、私がかけるつもりでしたのに」

『いえ、お気になさらず。それで、どうしましたか？』

常盤さんはまだ少しあせっているようだった。私から持ちかけたこととはいえ、電話は表情が見えないから苦手だ。手話よりも使用頻度が低い私にとっては、声だけで気持ちを伝えるのは難しい。

「昨日のことについて、報告といいますか、お伝えしたほうがいいかなと思いまして」

こんな切り口で、私は昨日の常盤さんとのやり取りについて、紫になんて話したのかを報告した。咄嗟の思い付きだったとはいえ、常盤さんを悪者みたいにしてしまったことを謝りたかった。

『――あぁ、それはまた、申し訳ないです』

常盤さんに振られたことになったと伝えると、常盤さんは私の話が終わる前に謝罪の言葉を口にした。このときだけは、常盤さんの表情とか体の動きが簡単に想像できた。

「私のほうこそ、勝手なことを言ってしまいまして。それで、紫から何か連絡はいってないですか？」

紫が抗議みたいなことをするとは思えないけれど、おとなしく引き下がることはないとも思っている。

『今のところは、特にないです。紫さんにもショックを与えてしまいましたね』

「常盤さんにこの話をしたこと、紫には黙っておきますので、何か言われたときは上手にかわしてもらえると助かります」

病気のことを黙っている代わりだなんて言うつもりはないけれど、私からも秘密の相談を持ちかけさせてもらった。常盤さんはすぐに了承してくれただけでなく、『うまく回避しましたね』と、私の機転をほめるようなことを言ってくれた。

『僕のことはいくらでも悪者にしてくれてかまいませんので、翠さんにはどうか、心穏やかにしてもらえると嬉しいです』

心遣いは嬉しいけれど、常盤さんに全部押し付けるつもりはない。心穏やかにはなれなくても、常盤さんと話ができて気持ちはだいぶ落ち着いた。

「ありがとうございます。では、今回はこれで失礼しますね」

お大事にしてください、とは言えなかった。こういうときになんて言えばいいのか、知っている人はいるのだろうか。

そんなことを考えながら通話を終えて、私は居間へと戻った。紫の姿はなくて、私は何事もなかったかのように昼食作りに取りかかるのだった。

2

それから一週間が経ち、私はすっかりいつも通りの日々を送るようになっていた。あんなことがあったというのに、変わらない日常を過ごせる自分が恨めしい。

紫のほうはというと、どこか気落ちしているようには見えるけれど、私の前では決してそれが伝わらないように振る舞っているのがわかった。意図的に常盤さんの話をしないようにしているようで、こんなところからも妹の成長ぶりを実感する。

今はとりあえず、私が振られたことになっているだけだから、紫と常盤さんの関係は何も変わっていないはず。それでも、きっと紫は積極的に常盤さんと会わないようにするだろう。せっかく手話ができる人が現れたのに、それを突然奪ってしまったようで申し訳なくなる。

そんな中、私はある決断をした。常盤さんのこととは関係ないし、何かきっかけがあった、なんてこともないけれど、少し前から考えていたことだ。

常盤さんのことを話す代わりだとは言わないけれど、このことはすぐにでも紫に話したいと思った。できることなら常盤さんにも相談したい。

そんなことを考えながら、私は家に向かった。リフォームしているから一見わかりにくいけれど、築二十年で安い家賃の割に間取りに余裕がある2ＤＫの集合住宅である。

私が帰ると紫がすぐに迎えに出てくれて、そのときの紫の笑顔を見たら、今日話すのはやめておこうかなと思ってしまった。私のしたい話は決して暗くなるものじゃないと思うから、単純に勇気がないだけだ。

それからすぐに夕食を作って、普段通りの時間に食事を始めることになった。理由は特にないけど、今日は紫の大好きな鶏の唐揚《からあ》げを作ってあげた。

（おいしそう）

（たくさん作ったから、いっぱい食べてね）

（いただきます！）

嬉しそうな表情を見せつつ、紫はいつも通りご飯とお味噌汁から手をつけて、それから唐揚げに箸を伸ばす。ひと口食べたあとの表情を見れば、おいしいかどうかは聞く必要はない。

そのあとも紫のことを気にしながら食事を続けたけれど、今日はなんだかペースが速い気がした。普段ならもっと手話をはさみこんでくるのに、今日は笑顔だけを見せてどんどん食べているようだった。

そんな紫に合わせて食事を進めたけれど、結局先に食べ終えた紫が、居住まいを正すようにしてからこう言った。

(相談したいことがある)

言葉に見合う真剣な表情だったから、私は少し残ったご飯を食べる手を止めて、紫の目を見てこう返す。

(実は、私も)

今日はやめておこうかと思ったけど、この機会を逃す手はない。紫の表情からして悲しい話じゃないだろうから、私の相談も聞いてもらうことにしよう。

(そうなの？　お姉ちゃん先にする？)

(ううん。紫からどうぞ)

私がそう促すと、紫は一度うつむいて、何かを決意するように小さくうなずいてから、力強い目をしてこう言った。

(直久くんと、話をしてみようと思う)

きっと常盤さんがらみだろうと思ってはいたけれど、やっぱり心はざわめいた。なんとか表情を保ってうなずき返すと、紫は続けざまに手話を出す。

(やっぱり納得できないっていうか、どうしてお姉ちゃんと付き合えないのか、本当の理由が

知りたい)

　自分自身のことはまるでお構いなしのようだった。常盤さんと紫がくっつくことだって考えてほしいのに。

(もう会う約束はしたの?)

　とりあえず話を進めよう。前に電話で話したときから、私は常盤さんと接点を持とうとしなかったけれど、紫の動向は知らない。

(まだ。お姉ちゃんに話してから、連絡しようと思ってた)

　このあたりは案外冷静らしい。だけど、常盤さんは会ってくれるのだろうか。入院したという知らせは受けていないけど、そろそろその日が来る気がする。

(いつにするの?)

(次の土曜日にするつもり)

　その日は紫自身も診察がある日だ。ついでに事を運ぼうとするあたり、たくましさを感じる。

(私はどうすればいい?)

　特に用事がなければ、私も同行するようにしている。病院には行くけど、常盤さんに会うのは紫だけにするのがいいのだろうか。

(お姉ちゃんには待っててもらうか、先に帰ってもらおうかと思ってたけど……)

　掌を前に向けて立てた手を返す、「けど」の手話を見せて、紫の動きが止まった。その先に続く言葉はないと簡単にわかった。

（それでいいよ。診察が終わったあとは、別行動にしよう）

私の返事に、紫は小さく笑ってみせた。少し待っても紫から次の手話は出てきそうになかったから、私から質問をする。

（常盤さんとどんな話をするつもりなの？）

まさかストレートに聞くんじゃないよね。あるいはもう一度お願いするとか。

紫がどんなアプローチをしようと、常盤さんはきっと困るんだろうな。常盤さんには悪いけど、こうなったら紫は止められない。

（直久くん、絶対にお姉ちゃんのことは嫌いじゃないと思うの）

私もそうだと思いたい。いや、さすがにこれは間違いないか。

（紫のことだって、好いてくれてると思うよ）

私はいたずらっぽく笑ってみせたけど、紫は少しだけ頬を朱《しゅ》に染めてうなずくだけだった。

これがただの恋バナだったらよかったのに。

（たぶん、直久くんには他に好きな人とかはいないと思うんだ）

（どうしてそう思うの？）

（勘）

ちっとも冗談めいてはいなくて、むしろ確信しているようですらあった。私と付き合えないかって聞いたときの反応を見て、そう思ったんだろうな。私も別に常盤さんの口から本当のことを聞いたわけじゃないけど、その読みは正しいと思う。

（お仕事をしてないから、恋人をつくれないってことなのかな？）

紫の推理は続く。何も知らない振りをするのは、隠しごとをするよりは幾分気が楽だ。だけど、紫の瞳に決意が露《あらわ》に浮かんでいるのはわかるから、適当なことを言ってこの場をやり過ごすことなんてできそうにない。

（わからないけど、求職してる様子はないよね）

（うん。それに、それが理由なら隠すことはないっていうか、直久くんなら話してくれると思う）

（……）

返す言葉が見つからない。紫がどんどん正解に近づいていくのを、止めることも後押しすることもできない。

（きっと、何か特別な事情があると思うんだ。それも、私たちには言えないような）

鋭《するど》いなぁ。だけど、その事情がどんなものなのか、想像できているのかな。

私は考える前に事実を知っちゃったからあれだけど、常盤さんの事情は私には想像できないものだった。紫にだってできないと思う。

（例えば？）

それでも私は、紫の言葉を引き出すことにした。結果として墓穴《ぼけつ》を掘ることになっちゃうかもしれないけど、もう少し知らない振りを続けたい。

（わからないけど、ジェンダー的な……）

あぁ、なるほど。それは確かにデリケートなところというか、軽々には言えないことなのかもしれない。すごく遠慮がちに手を動かしたけど、常盤さんにそのことを聞けるのかな。

（でも、いいの？）

（何が？）

こんなことを言うと、まるで私が事情を知っているみたいに取られちゃうかもしれないけど、紫の考えていることはだいたいわかったから、私から話を進めることにする。

（何か事情があったとして、それがもし、常盤さんにも私たちにもどうしようもないことだったとしたら）

実際にどうしようもないことだから、常盤さんは紫には伝える気はないと言っていた。何か適当な理由をつけて紫を納得させてくれるのだろうか。

（それだったら、悲しいけど受け入れるよ。少なくとも、理由がわからないよりはいい）

そうかな。世の中には知らないほうが幸せなことだってたくさんあるよ。なんて、私はもう知っちゃったからそう言えるだけで、紫の気持ちもよくわかる。

（そう。それなら、紫の思うようにしなさい）

私が常盤さんにお願いされたことは、私の口から紫に事実を話さないようにすることだ。紫が直接常盤さんに尋ねることを止めてほしいとは言われていない。

そんな身勝手なことを考えつつ、私は紫の味方になることに決めた。たとえどんな結果になろうと、今の私はそうするのが一番だと思ってしまったのだからしょうがない。

紫の話が落ち着いたと思った私は、ひとまず残りの食事を済ますことにした。私が食べ終えるのを見届けてから、紫はいつもの笑顔になって話を再開させた。

（お姉ちゃんの相談は何？）

箸を置いて、ひと呼吸入れた。ちゃんとした相談事だから、妹相手でも緊張はする。紫はどんな反応を見せるかな。

（今のお仕事、辞めようと思ってる）

私の突然の宣言に対し、紫は一瞬だけ目を丸くしたように見えたけれど、すぐに祝福するように目を細めた。まだ何も決まっていないのに、どうしてそんなに嬉しそうなんだろう。

（いいと思う。次はどんなお仕事にするの？）

止められることはないと思っていたけど、こうもあっさり承諾してもらえるとは思わなかった。転職はそんなに簡単にできるものじゃないって、まだよくわからないか。

（お花屋さんとか、やってみたいの）

（お姉ちゃんがお店を開くの？）

やや食い気味に反応した紫の手話を見て、それもあったかと思ってしまった。だけど、いきなりそんなことをする度胸《どきょう》はない。

(違うよ。お花屋さんに就職したいってだけ)

(そっか。お姉ちゃん、お花好きだもんね)

私の考えを読み取ったように微笑んで、紫は言った。私がお店を開くことを熱望しているわけではなさそうだ。

(でも、本当にいいの?)

(なんで? もちろんだよ)

紫はただ単に仕事の内容のことしか考えていないのだろうな。それ以外のこともそろそろ考えてもいいと思うんだけど。

(まだちょっとしか調べてないけど、勤務時間は間違いなく変わるだろうし、収入も少し減ると思うの)

(いいよ。そんなことより、お姉ちゃんがやりたいことをやれるほうが大事)

紫のこの言葉に嘘はないと思う。私の転職による変化はすべて容認してくれるといった表情だった。

実際、二年後には紫も就職しているはずだし、今でも私がそんなに世話をする必要はない。お金の面も、両親の生命保険金を大事に使っているからそれほど困ってはいないし、紫の収入も加わることを考えれば、二人で暮らしていくには問題はないだろう。

そういう打算はできていても、一人ではそう簡単に決断できるものではなかった。今の勤め先も決して嫌じゃないし、上司に退職の意思を伝えるのも心苦しい。

だけど、紫のこの屈託のない笑顔を見たら、そんなことは些細《ささい》なことだと思えてしまった。私の中では一大決心だった転職も、紫にかかれば夕食のメニューを決めることと似たようなものなのかもしれない。

(どうしたの？)

紫の顔を見たまま考え込んでしまったから、心配そうな顔になった紫にこう聞かれてしまった。

(ううん、なんでもない。紫はやっぱりかわいいなって)

(なにそれ、変なの)

言葉の割に嬉しそうに笑う紫は、身内の贔屓目《ひいきめ》を抜きにしてもかわいいと思う。だけど、ほとんど同時に常盤さんの顔が浮かんできてしまって、私は一人で複雑な気持ちを抱えることになった。

何はともあれ、明日から本格的に転職活動を始めよう。常盤さんのことは紫の動きに合わせるしかないから、いい方向に話が進むことを祈って、私は食卓の片付けを始めた。

3

次の土曜日、いつも通りに私は紫とともに病院へと向かった。そして予定通り、診察が終わったところで紫と別れた。常盤さんとは病院の広場で待ち合わせをしていると聞いているから、何かあったとしても大丈夫だろう。

一人になり、私はいつものようにお薬を受け取りに行った。そこで、紫の担当の先生に声をかけられた。

どうやら紫がいないところで話がしたかったらしく、ちょっと怖いなと思いつつもちょうどいいと、私は先生とともに診察室へと向かった。

「すみません、こんなふうに呼び出してしまって。どうぞおかけください」

紫の担当の先生は六十代くらいの男性で、しわは多いがそのぶん人懐《ひとなつ》っこく見える笑顔が特徴の優しい人だ。手話もしっかりできるから、紫も私も信頼している。

「いいえ。それで、お話というのは……」

本人がいない場での話という時点で、どう考えても心穏やかにはいられない。先程の診察では特に何も言われなかったから安心していたのに、常盤さんのこともあったから、余計に身構えてしまう。

「はい。ここ最近になりますが、紫さんに変化はありませんか？」

どうしてそれを私に聞くのかと思ったけど、これはつまり、病気とは別に、普段の生活のことを言っているんだと理解するのに少し時間がかかった。

「いえ、特に変わりはないように思いますけど……」

「そうですか。では、こちらを見ていただけますか」

私の回答はなんでもよかったのか、先生は体の向きを少し変えてパソコンの操作をし、数枚の画像と波形のようなグラフが表示された画面を改めて見るように言った。

「この部分に変化が見られましてて」

「えっと……」

言われた通りに画面を注視《ちゅうし》して、私なりにこれが何を表しているのかを考えてみたけれどよくわからなかったので、ひとまず曖昧な返事だけをして、先生の言葉を待つ。

「端的に言いますと、わずかではありますが、低音に反応できるようになっていると思われます」

反応できる？　それがどういう意味なのか、すぐにはわからなかった。先生の表情から察するに、症状が悪化したとかそういうことではなさそうだ。

「さっき変わりはないかと聞いたのは、もしかしたら日常生活でも、紫さんが低音に反応するようになっているんじゃないかと、そう思いまして」

そう言われてようやく、この話がとても嬉しい話だということがわかった。ただ、私は嬉しい気持ちより驚きが先に出た。

「それって、紫の耳がよくなっているってことですか？」

「ほんのわずかではありますが、おそらく」

今すぐに紫にも教えてあげたいと思った。それくらい私は舞い上がっていたけれど、先生の次の言葉が、たちどころに私の心の動きを止めることになった。

「それで、相談なのですが……」

そうだった。ただ単に診察で喜ばしいことの報告を受けるなら、紫を遠ざける必要はない。私は高鳴る鼓動《こどう》を抑えるため、胸に手をやって前のめりになる。

「補聴器を付けてみてはいかがでしょう」

「補聴器、ですか……」

聴力を失ってすぐの頃、一度だけ紫に付けさせたことがある。それでも紫の聞こえ具合がよくなることはなく、かえって紫を落ち込ませることになった。当然私もショックだったから、今もこうして素直に喜べないでいる。

ただ、紫は私よりも早く立ち直って、すぐに手話の勉強を始めた。私もそれに合わせて、必死で手話を覚えた。ある程度の意思の疎通ができるようになった頃には、補聴器のことは頭から抜けていた。

「以前と違って、補聴器の性能もだいぶよくなっています。デザイン性も高まって、ひと昔前のイメージとはだいぶ変わりました」

先生も当時のことを知っているから、私が二の足を踏んでいる理由はわかるのだろう。だから今も、あまり喜んでいない私に合わせて落ち着いて振る舞ってくれている。

振り返れば、あのときもこんなふうに紫抜きで話をしたんだっけ。

補聴器がうまく機能しなかったとき、紫はきっと、自分の耳はもうもとに戻らないんだと腹をくくったんだと思う。実際、一度失われた聴力が回復することはほぼないと、今の医学ではいわれている。それでも、人の体に何が起こるかはわからないし、新しい治療法や薬が生み出されるかもしれないからと、先生は私を励ましてくれた。

おそらく紫よりも絶望していた私に、先生は、決して諦めてはいけないと、サポートならいくらでもすると、そういう前向きな言葉をかけてくれた。それで私は、治療や検査を定期的に受けてみようと紫を説得することができた。紫がどういう気持ちで通院しているのかはわからないけれど、私は今でもすがる思いでいる。

さっき、ここ最近で紫の身に変化はないと先生に話したけれど、常盤さんのことでなんらかの精神的なショックはあったと思う。ひょっとしたら、それがきっかけで紫の耳に何か変化があったのかもしれない。

そんなのありえないって笑われちゃうかもしれないけれど、常盤さんに会いたい、常盤さんの声が聴きたいって気持ちがプラスに働いた、なんて夢みたいなことがあってもいいじゃないと、私は思った。

「補聴器を付けたら、少しはよくなるでしょうか」

「必ず、とは言えませんが、試してみる価値はあると思います。このデータを見る限り、低音域なら拾えるんじゃないかと、そう思うんです」

難しい選択だった。少なくとも、軽い気持ちで付けてみたらとは言えない。もう少し詳しく聞くしかない。

「もしも、低音域だけでも聞こえるようになったら、紫の生活はどう変わりますか」

「そうですね……。聞こえ具合によりますが、うまくすれば、会話ができるようになるかもしれません」

「自分の声も聞こえるんですか？」

「おそらく、難しいかと。声が低い男性のものでしたら、十分聞き取れる可能性はあるんじゃないかと思います。体調によるところもありますので、一概《いちがい》には言えませんが」

自分の声が聞こえなくても会話はできるのだろうか。でも、実際に相手にどう聞こえているのかがわからないと思うと、あまり気が進まないようにも思う。

「紫はしばらく声を出していませんが、それでも平気なんでしょうか」

「そこは訓練が必要になるでしょう。それでも、紫さんは声を出すことに関しては何も問題はないですから、いかようにもなるかと」

あとは紫がそれをどう思うか、というところか。

今の紫はきっとおしゃべりができなくてもいいくらいに思っているだろうから、今さら声を出す練習なんてしたがらないかもしれない。

それに、紫はしゃべらなくても周囲の人の声が聞こえるのなら、それだけで生活はかなり楽になるはずだ。男の人の声なら聞こえやすいみたいだし、もしかしたら常盤さんとだって――

「今すぐに決断する必要はありません。今後も治療と検査を続けていけば、よりよくなる可能性もありますから」

「でしたら、一度持ち帰って考えさせてもらいます……」

「ぜひそうしてください。紫さんにどう伝えるか、そこはすべておまかせします。必要ならば、私から伝えるようにもしますので、遠慮なくご相談ください」

こうして話を終えた私は、先生の笑顔に見送られる形で診察室を出た。

すごくいい話を聞けたはずなのに、心から喜ぶことはできなかった。

それどころか、またひとつ大きな秘密を抱えてしまったような気がして、かえって気が重くなったようにも思える。常盤さんのことといい紫のことといい、一人で抱えるには重すぎる案件ばかりがのしかかってきて、私は力なく外に出た。

とりあえず、家に帰ろう。うっかりして広場にいる二人と鉢合《はちあ》わせちゃったらまずいから、いつもと違う道を通って私は家路に就いた。

＊　＊　＊

お姉ちゃんと別れた私が広場に向かうと、直久くんはすでにベンチに腰かけていて、これまでと同じように夢中になって絵を描いているようだった。最後にお姉ちゃんと会ってからそれなりに時間が経ったけど、今はどんな心境なんだろう。

私はゆっくりと直久くんに近寄って、そっと肩を叩いた。最初のあいさつはどうしようかと迷ったけれど、とりあえずなんでもないふうを装《よそお》うことにした。

（おまたせ）

私がそう言うと、直久くんは慌ててスケッチブックを閉じて、私に座るように促した。あの絵がどれくらい進んだのか、こっそり見てから呼びかければよかった。

（久しぶりって感じがするね）

直久くんは変わらない笑顔だったけど、手話の出し方がどこかぎこちないというか、慎重に言葉を選んでいるように見えた。確かに顔を合わせるのは久しぶりだけど、SNSで連絡は取り合っていたんだから、私としてはちっとも離れていた気はしない。

ちなみに、私はお姉ちゃんと直久くんがどうなっているのか、知らないことになっている。直久くんからは何も聞いていないし、お姉ちゃんから伝わっていることもないだろう。今回はこの立ち位置を利用して、直久くんにいろいろ質問するつもりだ。

（いきなりだけど、ちょっといいかな？）

これだけ言って、私はバッグに手をかけた。さすがに最初からお姉ちゃんの話を持ちだすほど、私はバカじゃない。

直久くんはにこにこしたまま私を見ているだけだったから、私はすぐに本題に入った。お姉ちゃんのことも大事だけど、これだってずっと話したかったことだ。

（これを、見てほしい）

私が差し出したクリアファイルを受け取った直久くんは、きょとんとした表情で私の顔を見た。どうやら予想外の展開だったみたい。

（見てもいいの？）

（もちろん）

中身を取り出すときには気づいていたと思うけど、私が用意したのは書きかけの小説の冒頭《ぼうとう》部分だ。読みにくくないかどうか、プロローグとして引き込まれる内容になっているかどうか、率直な意見が聞きたい。

（見せてもらえるんだ）

（最初のほうだけね）

直久くんは興味深そうな目をして、紙をぺらぺらとめくった。文庫本にして見開き六ページ分だから、それほど多くはない。

（よかったら、感想を聞かせてほしい）

私の手話を読み取った直久くんは静かにうなずいて、そっと視線を落とした。目が字を追っているのがわかった途端、私の中で緊張感が高まる。

私が書いているのは恋愛小説で、プロローグとして主人公の女の子が駅で男の子と出会うシーンがある。実際にこんな出会い方があってもおかしくはないと思うけど、男の子の目線だとどう思うのか、それは純粋に気になる。

分量的に五分もあれば読めると思っていたけれど、直久くんはなかなかペースが遅くて、待っている時間がすごく長く感じた。読みにくいってことかなと、私は感想を聞く前から肩を落としてしまう。

読み終えたのか、直久くんは大切なものを扱うときのような慎重な手つきで一ページ目を先頭に戻してから、紙の高さを整えるようにして原稿をクリアファイルに入れた。（どうだった）って聞きたいけど、手が動かない。

（ありがとう）

直久くんはそれだけ言って、私に原稿を返してきた。そのときのにこやかな表情から、否定的なコメントは出てこないんじゃないかと思うことはできた。

（どうかな？）

こんなに手話が出しにくくなるとは思わなかった。きっと顔は赤くなっていると思うし、直久くんを直視できない。

私が直久くんのことを見ていないからか、直久くんは素早くスマホを取り出して、なにやら文字入力を始めた。その様子を見て私も、メッセージを受け取る準備をする。このちょっとした間は、私の心を落ち着かせるのに一役買ってくれた。

『すごくよく書けてると思う。この二人がこれからどんなふうにかかわっていくのか、続きが気になるね』

私は上手にリアクションが取れずに、思わずスマホの画面を消してしまった。欲しかった言葉がもらえたはずなのに、こんなに心が動かされるとは思わなかった。

『読みにくくなかった？』

大きく息を吸ってから、返信のメッセージを送る。これくらいなら手話で伝えればいいんだけど、まだ気持ちが昂《たかぶ》ったままだから、直久くんの顔が見られない。

『全然。特に違和感を覚えることもなく、すらすら読めたよ』

嬉しくて、いちいちにやけてしまう。これがお世辞《せじ》かもって思ったのは少し経ってからで、このあたり、私はまだまだ子どもなのかもしれない。

『そしたら、もうちょっと具体的に中身の話をしてもいい？』

『もちろん。でも、僕は普段からあんまり本は読まないし作文も苦手だから、アドバイスなんてできないよ』

そんなの全然気にしないと、私はようやく笑顔を見せることができた。書きかけとはいえ、自分の文章を人に見てもらうのは初めてだから、どんな意見だって欲しい。もうしばらく手話じゃなくてスマホを使わせてもらおう。

『まず、この出会いってどう思う?』

主人公の女の子が駅構内を歩いていたところ、左側通行を逆走してきた男がぶつかってきて倒れてしまう。男は「邪魔なんだよ」と吐き捨ててその場から立ち去った。

倒れたはずみで女の子の持っていた荷物が散らばってしまい、悲しい気持ちでそれらを拾い集めていたところ、たまたま通りかかった同い年くらいの男の人が、転がってしまっていたペットボトルを手に声をかけてくる。

『いいんじゃない? 実際にありそうだし』

『直久くんだったら、拾ってくれる?』

『目の前でそんなことがあったら、たぶん見て見ぬふりはできないかな』

直久くんはきっとそういう人だよね。初めて会ったときだって、地震におびえる私を心配して声をかけてくれたみたいだし。

『じゃあ、助けたあとに連絡先を聞かれたら、教える?』

『どうだろう、「気にしないでください」って言ってその場を離れるんじゃないかな』

やっぱりそれが普通かな。私だって逆の立場で男の人に連絡先を聞かれたら断るだろうし。

リアリティーに欠けるかなと、私が少し落ち込んでいたら、直久くんから続けてメッセージが届いた。

『「名乗るほどのものじゃありません」って言えたらかっこいいよね』

その内容に、私は自然と笑ってしまう。

『かっこいいかな？　っていうか、直久くんはそんなキャラじゃないでしょ』

『そうだね。まったくもってその通り』

直久くんは絵文字を使わないから、文字だけだとどんな気持ちなのかがわかりにくい。そう思って顔を上げると、ちょっとだけ照れくさそうにしていた。

『そうなると、この始まり方は微妙かな？』

こう聞いたものの、修正案は簡単に思いつかない。こんなの自分で考えなくちゃ意味がないだろうし、直久くんだって答えにくいと思うけど、それでも聞きたかった。

『そんなこともないんじゃない？　僕は別に、不自然だとは思わないよ』

直久くんは違うとしても、取り合ってくれる人はいるってことかな。いや、私に気を遣って言ってくれてるだけかも。

『ベタな出会い、とは思わない？』

『そうだね。ありそうだけど、現実にはなかなかないでしょ』

まさに私はそれを思っていた。ありそうなのにないから、こんな冒頭なら読む人を引き込めるんじゃないかと思ったんだ。

『ベタといえば、食パンをくわえた女の子が、曲がり角で男の子とぶつかる出会いのシーンでしょ』

直久くんから続けざまにメッセージが届く。直久くんはそういうマンガを読んできたってことかな。そんな出会いこそまずありえないと思うけど、せっかく話題にしてくれたから、とりあえず話を合わせよう。

『その男の子が転校生なんだよね』

『それで担任の先生に連れられてきて、さっきの男子！　なんてね』

『最初は感じ悪いけど、あとからいいやつになるんだよねー』

こう返したとき、ふっと直久くんの顔を見る。とても楽しそうだった。私もきっと自然に笑えていたと思う。

『今度は僕から質問してもいい？』

少し間が空いたところで、直久くんからメッセージが届く。すぐ隣にいる人とこういうやり取りをするっていうのも、なんかいいかも。このあとの展開に取り入れてみようかな。そんなことを考えながら、「うん」と短い返事をする。

『この女の子は、一目惚れをしたってこと？』

予想外の質問が投げかけられて、私は内心でたじろぐ。直久くんからそんな言葉が出てくるとは思わなかった。

『どうだろ？　一応このあとで触れることになってるんだけど、この子は半年前に彼氏と別れてて、そろそろ新しい恋がしたいと思ってたんだ』

『なるほど。そんな設定だったんだね』

『変かな？』

『そんなことないと思うけど、僕には経験がないからなんとも』

一目惚れのことか、それとも恋そのものなのか、聞くに聞けなかった。勢いで直久くんに恋人がいないことを確かめたい気持ちにもなったけど、ここは自重《じちょう》しよう。

『きっとこの子は、これでお別れにするのは惜しいって思ったんだと思う。だから、一目惚れとは違うんじゃないかな』

なんとなく直久くんにとって一目惚れの印象がよくなさそうだったから、とりあえず否定しておいた。このあたりも、本文中で補足しておいたほうがいいのかも。

『それならわかるかも。直感的なものだね』

『そういうこと。ちなみに、この男の子は別にイケメンってわけじゃないよ』

聞かれてもいないのに、ルックスに言及してしまった。本文中では顔つきに関しては触れないで、読者の想像にまかせるつもりだった。マンガだったら見た目は大事なんだろうけど、小説なら気にしなくていいと思った。

（……なに？）

直久くんからのメッセージが止まって、私は急に不安になった。顔を上げて直久くんを見ると、にこにこのひとつ上といえそうな笑顔をしていたから、私は吸い寄せられるように聞いていた。久しぶりに手話を使った気がした。

（この子っていうのが、おもしろいなって）

（どういうこと？）

直久くんは指文字で「この子」と表した。この子がどの子のことを言っているのかがわからなくて、私はますます不安になった。

「……」

少し考えるような顔を見せたあと、直久くんはスマホを手に取った。今に限ってはこの無言の時間がすごく怖い。

『主人公のこと。ずっと前からの友達みたいで、なんかいいなって』

言葉に違《たが》わず、直久くんは昔を懐かしむような顔をしていた。読む人をこんな表情にできたらいいなと、私はひそかに思った。

『感覚的には、まさにそんな感じだよ。私はこの子の恋を応援してるから』

お話はまだ完結していないけど、この二人は恋人同士になるはずだ。私は書きながらも、どういう結末になるのかを楽しみにしている。

『誰かモデルがいるわけじゃないんだよね？』

『うん。本作品はフィクションです』

私自身がこういう恋に憧れている――ということでもない。耳が聞こえない女の子を主人公にしようかとも思ったけど、それだと書いている途中でつらくなりそうだからやめた。この子はちょっと不器用なだけの普通の女の子。

落ち着きを取り戻した私は、そのあともスマホを使って、今書いているのはどんなシーンでとか、大事なシーンは何度も書き直すからなかなか進まないとか、そういう話をした。前に話した、読む人の心を打つようなフレーズについては、随所《ずいしょ》に散りばめることなんてできそうもないから、ここぞという場面までとっておくことにした。とは言っても、まだ決まっていないというか、そんな簡単に思いつかないんだけど。

時間を忘れるってこういうことかと思うくらい、夢中になって私は話した。途中から私ばっかりがメッセージを送る形になっちゃったけど、直久くんも楽しそうにしてくれていたと思う。

このときに私は、直久くんの声ってどんな感じなのか、初めて想像することになった。どんな口調でしゃべって、どんなふうに笑うんだろう。小説を読むときと違って、簡単に脳内再生ができなかった。

（どうしたの？）

私がメッセージを打つ手を止めて直久くんの顔を見てぼんやりしていたからか、直久くんは心配そうな顔をつくって私に問いかけてくれた。きっと優しい声なんだろうな。

(ありがとう。すごく参考になった)

私の感謝の言葉に、直久くんは両手を前に出して首と一緒に左右に振ってみせた。これは手話じゃないけれど、何が言いたいかはわかった。その様子を私が黙って見ていたら、直久くんはゆっくりとした動きで、再びスマホの操作を始めた。

『続きが気になるね』

とても嬉しい言葉だったけど、完成はまだまだ先だ。それを手話で伝えようとしたら、直久くんの悲しげな横顔が目に入って、私は動きを止めてしまった。

(書き終わったら、読んでくれる?)

私がこれだけ言うと、直久くんは薄く微笑んでみせた。男の人に使っていい表現なのかわからないけど、その笑顔はどこか儚《はかな》くて、これ以上小説の話はしないほうがよさそうだと、直感的に思った。

私は膝の上に置いたままの原稿をバッグにしまうことで、話題を変えることにした。次にする予定の話もすごく大事だから、心の準備も兼ねて、少しだけ間を取る。

(もう少し、話してもいい?)

直久くんはぼんやりと風景を見ているようだったから、私から会話を再開させた。直久くんはここでも笑顔を見せるだけだった。

（お姉ちゃんのことだけど）

立てた右手の小指を上にあげた瞬間に、直久くんの顔がゆがんだ。姉という手話にどう反応するのかが見たくて、ゆっくり手を動かしたのだ。

（翠さんが、どうかした？）

直久くんにこう聞かれて、私は確信した。お姉ちゃんは嘘をついている。

あのときは驚いたのと悲しい気持ちが一気に湧き出てきちゃったから考えられなかったけど、一人になってから冷静に振り返って、なんだかおかしい気がしたのだ。

二人はきっと、恋人同士になるとかどうとか、そういう話はしていない。直久くんが「付き合えない」って言う可能性はあるだろうけど、お姉ちゃんが直久くんに告白したとは思えないのだ。

直久くんがどんなにいい人だったとしても、まだ数回しか会っていない人に、お姉ちゃんが積極的にアプローチをかけるはずがない。お姉ちゃんだったら、じっくり少しずつ仲を深めようとするに決まってる。同様に、直久くんがお姉ちゃんを傷つけるようなことを言うとも考えにくい。

私が直久くんに、「お姉ちゃんと付き合う気はないか」って聞いたから、それに対する答えを出したってことも考えられる。だけど、それなら私にひとことあってもいいはずだし、お姉ちゃんだって「振られた」とは言わないだろう。

それでも、あのときのお姉ちゃんの涙は本物だ。ということは、振られた以上の衝撃的な何かがあったということに他ならない。

私には話せない理由があるのかもしれないけど、そんなのは知ったことじゃない。教えてもらえないならそれはそれでいいから、直久くんの言葉で事情を聞きたい。

(お姉ちゃんと付き合うことはできないの?)

私の中では結果が出ていないことになっているから、考え直してっていう趣旨《しゅし》の発言にはなっていないはず。しつこいって思われたってかまわない。

(ごめんね)

直久くんはつらそうな表情でこれだけ言った。この答えは予想通りだったから、私からもうちょっと踏み込んでみる。

(どうして?)

(僕じゃもったいないって)

直久くんは右手掌で左の頬を軽く叩いた。

「もったいない」っていう手話は他にもいくつかあるけど、直久くんが作ったその手話は、この文脈に適したものだった。無駄遣いとか損失を嘆くほうじゃなくて、貴重なものを大切にしようとする気持ちがこもっているほう。

（そんなことないよ。だって……）

お姉ちゃんはたぶん、私と直久くんがくっつけばいいって思っている。直接そうは言っていないけど、あの感じは間違いなくそうだ。私に薦めるぐらいだから、お姉ちゃんだって直久くんと一緒になってもいいって思っているはず。

（どうしたの？）

私の手が止まったから、直久くんが動いた。足元を見ていた私の顔を上げさせるように、覗き込むようにしてくれた。

（ううん。なんでもない）

私とだったら付き合ってくれるの？

そう聞いちゃいそうになったけど、すんでのところで止めることができた。お姉ちゃんはダメだけど私ならいいって、そんなことあるはずないよね。

これ以上何を言ったらいいのかわからなくなって、私は思わず立ち上がった。直久くんは真顔だったけど、どこかほっとしたようにも見えた。

何か隠しているとは思ったけど、そこまで探る勇気はなかった。本当のことが知りたくて私から切り出したのに、いざ聞くとなると怖くなってしまった。もしかしたらお姉ちゃんは、心の準備もないままに話を聞いたのかも。

（すっかり話し込んじゃったね。私、そろそろ帰るね）

直久くんの足元には絵を描くための道具がいっぱいあったから、すぐに動くことはできないと思った。それをいいことに、私は半ば逃《なか》げるようにこの場を去った。小説の話をしているときはすごく楽しかったのに、最後でもやもやしたものを残すことになってしまった。

直久くんも同じような気持ちかな。お別れのあいさつも雑になっちゃったし、あとでメッセージを送ろう。

帰り道で、今日のことをお姉ちゃんになんて話そうかと考えた。小説のことは秘密にしてあるし、直久くんの気持ちはほとんど聞けずじまいだったから、収穫といえるものは何もない。

わざわざ嘘をつくこともないから、楽しくおしゃべりしただけってことにするしかなさそうだ。それならお姉ちゃんを変に傷つけることもないだろうし、とりあえずそういうことにしておこう。

＊　＊　＊

私が家に帰ると、紫は居間で本を読んでいた。病院を出たあとちょっと買い物をしていたから、紫のほうが早い帰宅となった。

（おかえり）

私は無言で紫に近づいたけど、紫が先にこちらに気づいた。昨日までは気配を感じているだけだと思っていたけど、玄関が開く音とか床がきしむ音なんかが聞こえているのかもしれない。

（ただいま。コーヒーでも飲む？）

病院で別れたあとはどうだったのかは、私からは触れないことにする。紫が何も言ってこないということは、望むような展開にはなっていないのかもしれない。

（ありがとう）

紫は一度本を置いて、両手でしっかりと手話を作った。本を手に取って読書を再開したのを見計《みはか》らって声だけで「ちょっと待ってね」と言ってみたけれど、紫が私の声に反応することはなかった。

先生の話を疑うつもりはないけど、本当に低い音なら聞こえているのかな。窓が開いているから車の音とか道行く人の声がたまにするけれど、それらの音にはまったく反応しない紫を横目に、そんなことを考えた。

なんて、補聴器を付けたら聞こえるかもしれないっていうくらい微妙なんだから、補聴器なしじゃ聞こえないか。まだ自分の中でも整理がついていないから、補聴器のことはもう少し調べて落ち着いてから話すことにしよう。

そう思った私は、二人分のコーヒーを用意して、紫の正面の席に腰を下ろした。そのタイミングで紫は読書を中断して、（直久くんとは楽しくおしゃべりするだけになっちゃった）と、任務失敗を嘆くように自虐《じぎゃく》的に笑った。

報告がそれだけで終わりとは思えないけれど、この話題に関しては深追いしないと決めてあったから、（そうなんだ）とだけ返して笑顔を見せた。

そのあとは他愛のない話をして、夕方になって私は夕食の支度《したく》に取りかかった。紫は取り込んだ洗濯物をたたんでから自室に戻った。

音は聞こえなくても、声は出せなくても、普通に生活はできる。そう思うと、補聴器の話はなかったことにしてもいいのかもしれない。

そうは思いつつも、この件を完全に頭の外に追いやることができなかった私は、夕食時にときどき紫の手話を見落としては不機嫌そうな顔を見せられ、その度に（なんでもない）と返すだけだった。

そんな私の様子を見て何かを感じ取ったのか、紫が突然、（直久くんってどんな声なの？）と聞いてきた。このときが補聴器の話をする絶好のタイミングだったのかもしれないけど、どんなふうに伝えればいいのかわからなくて、結局私は曖昧な答えを出すことしかできなかった。

常盤さんの声が知りたいだなんて、今日の接触で何かあったのかな。楽しくおしゃべりしたと言う割にちょっと元気がないような気もするんだけど、詳しく聞けそうにない。

やっぱり、補聴器の話をなかったことになんてできないか。そう思い直した私は、紫が次のアクションを起こす前に補聴器の話をしたいと思った。

4

次の週末、私は再び病院を訪れた。ただ、今日は紫の付き添いではない。

常盤さんのお見舞いに来たのだ。私から連絡をすると、常盤さんは私が来ることを快諾《かいだく》してくれて、入院している病室を教えてくれた。

常盤さんの病気を知って以降、一度も顔は合わせていないけれど、電話は何度かしている。電話にしたのは紫に見られないようにするという狙いはなく、声を聞いたほうが常盤さんの体調がうかがいやすいと思ったからだ。

常盤さんは先週の月曜日から入院しているそうだけど、声の調子はそれほど変わっていないようだった。紫とどんなやり取りをしているのかも聞いていて、今のところ私たちの秘密は守られていることは確認済みだ。

今日のお見舞いだってもちろん紫には内緒にしているから、どうしたって後ろめたさみたいなものは付きまとうのだけど、常盤さんにはいろいろ相談したいことがあったから、今回は積極的に抜け駆けをさせてもらうことにした。

「こんにちは」

病室に入ってすぐに、常盤さんの姿が目に入った。ベッドの上にいるけど体は起こしていて、顔色も悪くはなかった。私のあいさつにも笑顔で応じてくれて、私はひとまず安心した。どんなふうに振る舞おうか迷っていたけれど、この様子なら特に意識しなくてもよさそうだ。

「——紫さんはどんな感じですか？」

お見舞いらしい会話をひと通り済ませたところで、常盤さんが紫の名前を出した。先週広場で顔を合わせて、そのあとも連絡は取り合っているはずだから、元気かどうかを尋ねているのではないだろう。

「常盤さんの体調のことは、まだ知らないと思いますよ」

気にしているのはこの点だろう。上手に意思疎通ができたようで、常盤さんはふっと笑ってから、ゆっくりと声を出す。

「秘密を守ってくれて、ありがとうございます。あのときはすでに入院中でしたし、気づかれないかどうか、ひやひやしましたよ」

そうだったんだ。紫は常盤さんの具合が悪そうだったとは言っていなかったし、上手に振る舞ってくれたんだろう。

「紫とはどんな話をされたんですか？」

電話ではそこまで詳しく聞けていないし、紫からも聞いていない。「普通に楽しくおしゃべりしただけ」と紫は言ったけど、たぶんそんなことはないと思っている。

「紫さんからは聞いてないですよね。なんていうか、報告しづらい内容だったと思いますし」

常盤さんは照れ笑いを浮かべて頭を掻いた。この時点でなんとなく予想はついたけど、私から明言することはできない。

「大丈夫ですか？　その、紫が何かご迷惑をかけているんじゃ……」

私と付き合う気はないかって、もう一回聞いたんだろうな。紫の一番の目的はそれだったはずだけど、常盤さんならうまくかわしてくれたと信じたい。

「いえ、そんなことはないですよ。書きかけの小説を見せてもらって、感想を求められました。僕には文才なんてないですから、思ったことを言っただけですけど」

「なるほど、それじゃ紫は話せないですね。紫の中では、小説を書いていること自体が秘密になっていますから」

「そうなんですよね。僕が読んじゃっていいのかなとは思いましたけど、このこともぜひ、知らない振りをしてあげてください」

こんなところで常盤さんに気を遣わせたくない。私が笑顔でうなずいてみせると、常盤さんが続けて口を開いた。

「それと、翠さんと付き合うことはできないかって、また言われちゃいました」

「あぁ、それは本当に、申し訳ないです。紫がその話をしようとしているってことは、実は聞いていたんです」

常盤さんが包み隠さず話してくれたのだから、私も事のあらましを話すことにした。常盤さんに隠しごとはしたくない。

「――確かに、その流れじゃ止められませんね」

私が振られたと思っているのは紫だけだから、紫の言動は自然なものかと、常盤さんは優しく受け止めてくれた。私は私自身が約束を破ったわけじゃないという、保身的な考えしかできていなかったけれど、常盤さんがそんな私を悪く言うことはなかった。

「紫がそれについて何も言わなかったんで、話せなかったのかなとも思いましたけど、そんなこともなかったんですね」

「聞きにくそうではありましたし、その話題はすぐに終わっちゃいましたけど、何かもっと言いたいことがあるような感じではありましたね」

常盤さんの見立てはきっと正しい。私に何も言わなかったことが何よりの証拠だ。面と向かって常盤さんと話すことで、紫にも何か思うところがあったんだろう。

「それにしても、我ながらうまく乗り切ったと思いましたよ。私も常盤さんと一緒で、嘘つきですね」

「心苦しいですけど、これが大人のやり方ですよね。この前だって、どうしてお姉ちゃんじゃダメなんだって、怒られるんじゃないかと警戒したんですよ」

「そんなわがままな子じゃないと思いますけど、もしそんなことがあったら、そのときはどうにか受け止めてください」

私が小さく笑うと、常盤さんは肩をすくめるようにして笑い返してくれた。本当に振られたあとみたいな会話になっちゃったけど、常盤さんも言った通り、これが大人の対応だろう。

こうして先週の話題はおしまいとなり、病室に少しだけ沈黙が生まれた。常盤さんが私について紫になんて言ったのかは気になるけれど、きっと上手にいなしてくれたんだろう。これ以上は追及しないことにした。

「あの、話は変わりますけど、実は今日は、常盤さんに相談したいことがあるんです」

少し間が空いたところで、今度は私から切り出した。お見舞いがてらにする話じゃないとは思うけど、常盤さんを頼りたかった。

「なんでしょうか。僕でよければ、聞かせてください」

常盤さんはこともなげに優しい笑顔を向けてくれた。それでも、確実に前に会ったときと比べて痩《や》せたように見えるというか、血色が悪くなっているのを感じてしまう。

「私、転職を考えているんです」

「へぇ、いいじゃないですか」

紫と同じように、常盤さんもあっさりと私の決断を尊重してくれた。もしかしたら、転職は私が考えているほど重大な変化ではないのかもしれない。

「止めないですか？」

それでも私はこう聞いた。常盤さんならきっと、紫とは違った見解を示してくれると思ったから。

「具体的な話を聞いていないんであれですけど、少なくとも転職そのものを否定する気はないですよ。特に最近は、転職するほうが普通みたいになってますし」

そうだったんだ。やっぱり私は世間の流れに取り残されているようだ。

「ちなみに、どんなお仕事を考えているんですか？　もしよければ、教えてもらいたいなって」

私が言葉を継げないでいると、常盤さんのほうから話を進めてくれた。紫と話しているときにはあまりこうならないから、少しだけ不思議な感覚だった。

「笑わないでくださいよ？」

「ははっ」

「えっ、まだ何も言ってないですよ」

笑うなって言ったそばから常盤さんが笑いだして、私は戸惑いを隠せなかった。おかげでこの先が言いづらくなってしまった。

「いえ、すみません。やっぱりおふたりは姉妹なんだなぁって」

咳《せ》き込みながらも笑っている常盤さんを前に、私はどうすることもできなかった。常盤さんがどうして笑ったのか、今の説明じゃよくわからない。

「紫さんの将来の夢を聞いたときも、同じ前置きをされました」

なんだ、そういうこと。前にも同じようなことがあったような気がするけど、これぱかりは仕方がない。

「……なんか、話す気が薄れてきました」

実年齢は聞いていないけれど、たぶん常盤さんのほうが年上だ。紫と同じような扱いを受けたついでに、私は少しだけすねたような態度を取ってみた。たまには私も妹みたいに甘えたい。

「えっ、あっ、すみません。決してそんなつもりじゃなかったんです」

常盤さんが予想通りの反応を見せてくれて、私はそれだけで満足した。おふざけはここまでにしよう。

「ふふっ、冗談ですよ。たまにはこういうのもいいでしょう？」

「ヒヤッとしましたよ。まったく、心臓によくない」

思ってもない意趣返《いしゅがえ》しに、今度はこっちがドキッとした。そういう冗談こそやめてほしい。

「話を続けてもいいですか？」

「もちろんです。どうぞ」

すぐに切り替えて落ち着けるのは大人の証か。常盤さんは居住まいを正して聞く態勢を取ってくれた。

「お花屋さんがいいなって思うんです」

「へぇ、いいじゃないですか」

「そ、そうですか？　いい歳して子どもみたいって思いません？」

「それ、全国のお花屋さんに失礼ですよ」

　確かにそうだ。やっぱり私の感覚がおかしいんだ。

「〈フローリスト〉っていえばいいのでしょうけど、私にとってはやっぱり〈お花屋さん〉なんですよね。子どもの頃の憧れだったんです。お花って、そこにあるだけで気持ちが明るくなるじゃないですか」

「そうですね。僕も、絵を描くときは特にそう思います」

「お花をたくさん育ててきれいに飾って、それを売ってお客さんに喜んでもらえたらいいなって……」

　自分で言ってて恥ずかしくなった。こんなこと、今まで誰にも言ったことはなかった。

「素敵ですね。でも、そう聞くと、どうして最初からお花屋さんに就職しなかったのかなって思っちゃいますけど……」

　常盤さんはそこで言葉を切って、そこはかとなく悲しそうな顔でこっちを見ていた。その先に続く言葉は、私が補足しよう。

「やっぱり、紫のことがありましたから。当時紫はまだ高校生でしたから、私は土日休みの残業なしを最優先に、今の職場を選んだんです」

　花屋で働く場合、勤務時間は普通の事務職とは大きく異なる。お店が開いている時間がそのまま勤務時間になることもないだろうから、きっと不規則だ。

紫は普通じゃないだなんて言いたくはないけれど、耳の不自由な妹の面倒を見ながら花屋で働くのは難しいと思った。

それでも私は、自分の意志で今の職場を選んだのだ。紫のことは考えたけど、そのせいで夢を諦めたなんてことはない。

「そうですよね。すみません、余計なお世話でしたね」

「いいんです。私にとって紫は、自分の夢よりもずっと大事ですから」

紫を誰かに託《たく》してまで叶えたい夢なんてあるわけがない。これが私の本音で、今後もぶれることはない。

「それ、紫さんには話してあるんですか？」

「転職のことですか？　それなら話してありますよ」

「あ、いえ、そうじゃなくて」

それだけ言って常盤さんは口を閉じた。さっきとは違うしんみりとした様子で、今度は私から補足することはできなかった。

「紫さんのことを考えて、今の職場を選んだっていうことをです」

「そんな、言えないに決まってるじゃないですか」

そんなことを言ったって紫を悲しませるだけだ。それくらい常盤さんにだってわかると思ったのに。

私は思わず声を大きくして反論してしまったけれど、常盤さんは急に顔をほころばせて、ゆっくり息を吸ってから口を開いた。

「やっぱりおふたりは、本当に仲のいい姉妹ですね」

「……どういうことですか」

この流れでどうしてそうなるんだろう。私は単刀直入に聞くしかなかった。

「紫さんから聞いたんです。お姉ちゃんはきっと、自分の望む仕事には就いていないだろうって。きっと他にもやりたいお仕事とか、あったんだろうなって」

「………………」

紫がなんとなく私に引け目みたいなものを感じているのはわかっている。だけど、そんなことを言ってほしくはない。

「言わなくても通じ合っていて、それでいてちゃんとお互いにお互いのことを思ってる。すごくいいです。絆《きずな》って感じがします」

その言葉は嬉しかったけど、素直にその気持ちを表現する気にはなれなかった。

「そんなの、姉妹なんですから、当然ですよ」

だからこうして、無駄に強がっているような態度になってしまう。私は誰かに甘えるのが上手じゃないみたいだ。

「そうなんですね。僕は一人っ子だからそういうのはわからないし、憧れます」

「……」

紫だったらきっと、常盤さんの言葉を正面から受け入れて笑顔を返せるのだろう。そんな紫がうらやましいし、それこそ憧れている。

だけど今は、私が黙っていても話が進むみたいだから、もう少しそうさせてもらうことにした。常盤さんがこのあと何を言うのか、それが純粋に気になった。

「紫さん、転職の話を聞いて喜んだんじゃないですか？」

「え？　まぁ、そうですね。紫も背中を押してくれました」

予想外の方向に話が進み、私はまたしても戸惑うだけだった。こうなったらもう、流れに身を委ねるしかない。

「きっと嬉しかったんだと思いますよ。翠さんが自分の夢だったお花屋さんになりたいって言ってくれたことが」

「…………」

私がお花屋さんになりたいなんて話、一度もしたことがないと思うけど、おそらく紫はわかっている。転職の話を持ちかけたときの反応を見れば一目瞭然《いちもくりょうぜん》だ。

「いい転職先、見つけないといけないですね」

「……はい」

悔しいけど、常盤さんの言う通りだった。紫は間違いなく私の転職を望んでいるし、そんな紫に応えるために転職を成功させなきゃいけない。

出会って間もない人にここまで見透かされるのもおもしろくないような気がしたけど、それよりも心が軽くなったような気持ちのほうが強かった。やっぱり常盤さんに話してよかった。

「具体的にはどんなスケジュールで動いていくんですか？」

常盤さんの話し方のトーンが変わった気がして、私も気持ちを切り替えることにした。この人の前でくだらない意地を張ってもしょうがない。

「それはまだ、全然。まずは転職サイトに登録して求人を調べてみようかと……」

「そうですね。それがいいです。僕は花屋についてはよくわからないですけど、転職先の目星をつける前に今の仕事を辞めるのだけはなしにしましょう」

それから先は、転職に向けたアドバイスをいくつかしてもらった。常盤さんは転職こそしていないけど、退職までの流れは最近のことだから詳しいと、複雑そうな笑顔でいろいろ話してくれた。

「がんばってくださいね。紫さんのためだけでなく、翠さんご自身のためにも」

常盤さんと目が合った。ほんのわずかだけど、悲しそうにしている。転職の話はこれで終わりだということはわかったけれど、私はこくりとうなずくことしかできなかった。こういうときに気の利《き》いたことを言える人になりたい。

「僕の葬式に、翠さんが用意してくれたお花が並ぶといいんですけど――」

常盤さんはそこで言葉を切って、寂しそうに笑った。常盤さんの顔に浮かぶ悲しみが少し深くなったような気がして、たまらず目をそらしてしまう。

「――さすがに、間に合わないですね」

何がって聞いてしまいかけたけど、なんとかこらえた。どっちが先かなんて聞くまでもないことなんだとわかってしまい、胸が締め付けられる思いになった。

「すみません、さっきから。悪い冗談ばかり言ってしまって」

きっと冗談のつもりではないのだろうけど、私が難しい表情をしてしまっていたから気を遣ってくれたんだろう。私は無言で首を振る。

「翠さんにしかこういうことも言えないんで。申し訳ないですけど、もう少し付き合ってもらえると嬉しいです」

いつまでも黙ってなんていられない。常盤さんが私を必要としてくれるなら、それにしっかりと応えたい。

というか、私にしか言えないって、どういうことだろう。これが口説《くど》き文句ではないことはさすがにわかる。

「あの、常盤さんの病気のこと、ご家族は……」

あまり踏み込みすぎてもよくないかもしれないけど、聞いておくべきだと思った。教えてもらえないならそれでいい。

「もちろん知ってますよ。今は母親が僕の家に来ていて、身の回りのことはしてくれています」

「そうですか……」

一人暮らしだとは聞いていたけど、家族が近くに来てくれているのなら安心だ。まさか最後の瞬間を一人で迎えるつもりなんじゃないかと、少しだけあせった。

「でも、母親はいつも泣きそうな顔をしてるんで、あんまりこういう話もできなくて」

それはまぁ、仕方ないだろう。親心は私にはまだわからないけど、平気でいられるとは思えない。

「私でよければ、お話くらいなら聞きます」

「ありがとうございます。本当に頼りっぱなしで、恩に着ます」

私だって常盤さんを頼りにしているんだから、頼ってもらえるのならそれに応えたい。悪い冗談にも、笑顔で対応できるようにしなくちゃ。

「ところで、絵のほうはいかがですか？　広場には行けるんですか？」

今できる精いっぱいの明るい表情をつくって、私は話題を変えた。絵の話をするときの常盤さんはいつも生き生きとしているから、その様子を見たかった。

「今は八割くらいでしょうか。もう全体は描けているんで、広場に行かなくても作業はできるんです」

「それじゃあ、ここで描いてるってことですか?」

「そうですね。天気がよくて体調もよければ、ちょっと確認しに広場にも行きますけど、実際に描くのはここですね」

「描いてるところを見てみたい、なんて言ったら……」

思った通り、絵の話をした途端に常盤さんの表情が晴れやかになった気がしたから、思い切ってこんなことを言ってみた。元気づけるだけが目的ではなく、純粋に描いている姿を見たいという気持ちはある。最後かもしれないから目に焼き付けようという気持ちは微塵《みじん》もない。

「翠さんまで……。じゃあ、ちょっとだけですよ」

「ほんとですか? 嬉しいです」

紫も同じ要求をしていたことがわかって複雑な気持ちになったけど、もうそんなことは気にしない。常盤さんの絵は何度だって見たい。

常盤さんはベッドのすぐ横にあったスケッチブックを開いて、絵を描く準備を始めた。その動作がなんとなく遅い気がして、またしても心が痛んだ。

「今はバックを描いているところなんです」

そう言って常盤さんは、私にも絵が見えるように体の向きを変えようとしたから、私から動いて見えやすい位置に移った。とは言っても、ベッドの後ろには回れないからどうしたって苦しい体勢にはなる。

「すごい。これ、ほとんど完成してるじゃないですか」

常盤さんの描く絵は、写真みたいというう感じではないけれど、実際に見たものをそのまま描き起こしているように見える。私としては、色鉛筆による柔らかいタッチが写真よりも温かみを感じられて印象がいい。

「あとはこの部分と、空を仕上げたら完成ですね」

そう言いながら常盤さんは、黄緑色の色鉛筆を持ってバックの木々に色を加えていった。私にはほとんど変化がないように見えたけど、常盤さんは同じ場所を何度も何度も、色を重ねるように手を動かしていた。

これでもまだ八割なんだ。空は確かに他の場所と比べて色が少ないというか、まだそれほど手を加えられていないように見えるけど、残りの二割がそこにある感じはしない。

あ、実際には存在しないものを描くって言ってたっけ。残りの一割くらいはそれかなって思ったけど、そこはきっと触れないほうがいいのだろう。そう思った私は余計なことは言わずに、真剣な表情で手を動かす常盤さんを眺めることにした。

「……なんか、照れますね」

「え？　あぁ、すみません。どっちを見たらいいのかなと思いまして」

「僕じゃなくて絵を見てくださいよ」

「本当に細かく色塗りをされるんですね。すごい集中力です」

私はここにいていいのだろうかと、そう思うくらいに常盤さんは熱中しているように見えた。実はまだ相談したいことがあるのだけど、今日は退散したほうがいいかもしれない。

「って、今はこんなことしてるときじゃないですね」

私が帰る旨《むね》を伝えようとしたまさにそのとき、常盤さんがハッとしたように顔を上げて色鉛筆を置いた。

「いえ、そんな。私のほうこそ、そろそろお暇《いとま》しようかと」

私がもといた位置に戻っている間に、常盤さんはスケッチブックを閉じて色鉛筆を片付けた。やっぱり絵を描くときは一人がいいのかな。

「まだお話ししたいことがあるんじゃないですか?」

「え?」

あっという間に絵を描く前の状態に戻った常盤さん。顔つきだけでなく声の出し方も、幾分すっきりしたように感じた。

「なんとなく、そんな表情に見えます」

「……私、そんなにわかりやすいですか?」

「いいじゃないですか。表情豊かなほうが、人生得ですよ」

そんなこと初めて言われたけど、悪い気はしなかった。これは誰から言われても同じ気持ちになるものではないと思った。

「実は、もうひとつ相談したいことが」

「今度は重たいほうですね？」

「どうしてわかるんですか？　え、そこまでわかります？」

「いやいや。僕もそうでしたし、重たいほうをあと回しにするかなって」

そうかもしれないけど、だからといってそんな簡単に見抜けるものなのだろうか。今後は紫以外の人の前でも表情に気を配ったほうがいいかもしれない。

「きっと、いい話なんです。いい話なんだとは思うんですけど、私一人で抱えるにはちょっと重いかなって」

「聞くだけでいいのなら、僕のことはお気になさらず。物理的な重さじゃなければ、今の僕はたいていのことは受け入れられると思うんで」

改めて、この人はすごいと思った。自分の体のことで大変なはずなのに、こんなにも清々しく他人に手を差し伸べられるなんて。私には絶対に真似できない。

「紫のことなんですけど――」

こうして、私は先日先生から聞いた紫の耳の回復傾向について、常盤さんに話させてもらった。

あくまでも可能性とはいえ、会話ができるようになるのなら、それはとても喜ばしいことだ。悩む余地なく後押ししたいくらいである。

ただ、うまくいかなかった過去の経験が、私の決断を妨《さまた》げている。こういう展開になることを望んで定期的に診《み》てもらっていたはずなのに、いざこうして可能性が浮上してくると、途端に不安が顔を出す。

どんなに小さくても、希望があるならすがりたい。だけど、うまくいかなかったときのダメージを考えたら、何もしないほうが幸せだという気もしなくもない。

こんな感じに、つらつらと思っていることを吐露させてもらった。話している途中からすでに、肩の荷が下りていくのを感じた。

「――なるほど。確かに、難しいです」

「常盤さんでも悩みますか？　私にはまだ、紫に話す勇気がありません」

親身《しんみ》になってもらえて、話してよかったと思えた。だけど、私は常盤さんに道を示してもらいたいのか、それとも、聞いてもらうだけでよかったのか、どっちだろう。

「変わることって、難しいですよねぇ」

徐《おもむろ》に、常盤さんは天井を見上げてため息交じりにそう言った。言葉の割に言い方が軽かった気がして、つられるように顔を上げる。

「現状に不満がないのなら、わざわざ何かを変える必要はないと思うんですよ」

「不満……」

どうだろう。今の生活に紫は不満を持っているのだろうか。

私自身、不満はない。もちろん今が最高だということもないけれど、今の生活も十分守るに値するものだとは思っている。

「絵も同じなんですよね」

「常盤さんの絵ですか？」

「はい。完成したと思って絵を眺めていると、なぜかだんだん、なんか物足りないなって思うようになってくるんです」

わかるような気がする。だけど、私は聞き手に回ることにした。

「それでなんとなく修正を図るんですけど、それが必ずしもうまくいくとは限らなくて」

今の状況に置き換えて考えてみる。紫にすべて話して補聴器を付けてもらったとしても、ちっとも聞こえ具合がよくならない可能性はあるのだ。

「やっちゃったなーって思っても、絶対に元通りにはできないんですよね。まったく同じ絵には二度と戻らない」

これも置き換えてみる。補聴器を付けても変わらなかったから、補聴器を外す。見た目は変わらなくても、紫の気持ちにはなにかしらの変化はあるだろうから、やはり補聴器を付ける前には戻れない。

「何回も同じ目に遭ってるはずなのに、どうしても手を入れたくなるんですよね。これはたぶん、僕の性格の問題なんでしょうけど」

今度は置き換えられなかった。前回は補聴器を付けるのが初めてだったから、期待感のほうが大きかったと思うけど、今回は違う。紫がどう思うかはわからないけれど、私はうまくいかなかったときのリスクのほうが大きいと思っている。だからこうして踏ん切りがつかないのであって、仮にうまくいかなかったとしたら、おそらく三度目以降はない。

「劇的によくなることもあるから、その成功体験に引っ張られるんですよね。手を加える直前は、それでいいいって思ってるわけですし」

うまくいったらいいな、なんてギャンブルみたいなテンションで今回の件は語れない。確実に大丈夫という保証がない限り私は決心できないと思うけれど、百パーセントなんてことはないということもわかっている。でも簡単には諦められない。どうしようもないくらいに矛盾していて、こんなんじゃ相談として成り立っていないように思えてしまう。

「だから大事なのは、その変化を受け入れられるかどうかなんだって、そう思うんです」

「変化を、受け入れる……」

常盤さんの言葉を復唱することしかできなかった私に対し、常盤さんはゆっくりとした口調で言葉を継いだ。学校の先生の間合いだと思った。

「僕の絵の場合、たとえ失敗したとしても、自分で決めて描き直したんだから、そこを悔いてもしょうがないって思うようにしたんです。そこからさらに改善を図るのもいいですし、これはこれで味があると思えばいいのかなって」

そんなふうにポジティブに考えられればいいんだろうな。私にはそれがうまくできないとわかっているから、こうして悩んでいるんだろう。

「翠さんの場合、先生から聞いたことを紫さんに伝えるかどうか、ここが最初の分岐点《ぶんきてん》ですよね」

「そうですね。それを決めるのにもひと苦労です」

「伝えなかった場合、少なくとも現状維持はできます。あとから紫さんの耳に入ることもないでしょう」

私が何も言わないと決めれば、先生は私の方針に従ってくれるだろう。紫が自分で耳の回復に気づいたとしても、私が隠していたことは明るみには出ないはず。

常盤さんの言葉をひとつひとつかみ砕くように理解して、私はうなずく。私の様子を確認してから、常盤さんは口を開く。

「その場合、翠さんが伝えなかったことをどう思うか、そこが鍵ですよね」

「後悔するかもしれないですよね」

「そうですね。ですから、この場合は変化がないことをよしとできるかどうかです」

わずかでも紫の聞こえ具合がよくなる可能性があるのなら、私はやっぱりそれを捨てきれないから、このまま黙っておくというのは得策じゃないように思える。だけど、これが私自身のことだったらどうだろう。私が紫の立場だったら、積極的に補聴器を付けたいと思えないだろうし、むしろ補聴器のことなんて聞きたくもないかもしれない。実際、一度目が失敗に終わって以降、紫から補聴器の話題が出たことはないのだから。

私が長考《ちょうこう》に入っても、常盤さんは眉ひとつ動かさずに待っていてくれた。それに気づいた私は、小さく首を振って目配せをする。

「次に、翠さんが紫さんに伝えた場合。今度は紫さんに判断が委ねられます」

私が気になっているのはそこだ。紫はどう思うんだろう。

「紫さんがどんな決断をしようと、翠さんは伝えたことで安心はできますよね。紫さんが補聴器はいらないと言ったとしても、さっきのケースとは違う変化なしです」

紫が自分で決めて補聴器は付けないとなるなら、間違いなくその思いを汲み取ることはできる。もったいないと思うかもしれないけど、きっと引きずることはない。

「翠さんが恐れているのは、紫さんが補聴器を付けても聞こえ具合がよくならなかった場合ですよね」

「……はい。そのときに紫がどれほどショックを受けるかと思うと、どうしても伝える決断ができません」

これはやってみないとわかりっこない問いなのだ。それはわかっているけれど、だからこそ安易に決められない。

「そうでしょうね。問題はその一点のみと言ってもいいでしょう。ですから、翠さんはそのことを紫さんにちゃんと話してあげるべきだと思うんです」

「えっと……」

「どうなるかはわからない。だから、どうなっても受け止められるように、決断する前によく考えようって、話してあげたらいいんじゃないでしょうか」

常盤さんが網羅的《もうらてき》に、丁寧に場合分けをして話を進めてくれたおかげで、私が取るべき行動が示された。伝えないという選択肢を消しきれなかった私だけど、ようやく足踏みの状態から脱却《だっきゃく》できた。

「やっぱり秘密にはできないですよね」

「そうですね。僕だったら話します。ですけど、これまでの紫さんのことを僕は知らないので、軽はずみなことは言えません」

伝えたうえで考えられる分岐は三つ。

紫が自分で補聴器は付けないと決める。これが一番すんなりと話が終わるケース。

次に、補聴器を付けて聞こえがよくなった場合と、そうじゃなかった場合。

よくなってくれれば問題はない。でも、そうじゃなかったときのフォローを考えておかなくてはならないということか。

……そんなの、簡単なことじゃないか。

「望む結果が得られなかったとしても、私が紫を支えます」

「……はい。それは翠さんにしかできないことです」

現状維持だって悪くない。だけど、やっぱり可能性があるならそれに賭《か》けたい。うまく聞こえるようにならなくても、補聴器を外せばもとには戻れる。紫の気持ちだけが心配だけど、そこは私がカバーすればいい。

「道筋は決まりましたか？」

「はい」

「僕もお手伝いできたらよかったんですが」

そんなこと言わないで、紫とも会ってくださいよ。今こうして私を導いてくれたみたいに、紫にも力を貸してくださいよ。

心からそう言いたかったけど、常盤さんがよく見せる柔和な表情に戻っていて、それがかえって胸苦《むなぐる》しくなるようで、私は懸命に声を絞り出した。

「紫に、話してみます。今日中には難しいかもしれませんが」

「紫さんはどんな反応をするんでしょうね。もしかしたら自覚しているかもしれないんですよね？」

「先生はその可能性もあると言ってました。私には変化がないように見えますけど」

「紫さんの声、聞いてみたいですね」

いきなりそれは難しい気がするけれど、常盤さんと会話ができる見込みが立ったら、そのときは会ってくれるだろうか。その約束をしてもらえるなら、紫を前向きにさせる材料になるだろう。常盤さんの声を知りたがっていたくらいだし。

「常盤さん」

「はい？」

「い、いえ、なんでもないです。そろそろ私、帰りますね」

やっぱりダメだ。私はどうしてもネガティブな想像ばかりをしてしまう。

期待を高めると、うまくいかなかったときの反動が大きくなる。補聴器が効果を発揮したら改めてお願いしよう。

「そうですか。今日は来てくれてありがとうございました。お話できてよかったです」

「そんな、私から声をかけさせてもらったんですから。こちらこそ、相談に乗ってもらえて助かりました」

私はやにわに立ち上がり、ゆっくりと頭を下げて感謝を示した。顔を上げたときに見た常盤さんの表情は笑顔だったのにどこか弱々しくて、それを見てまた心が痛くなった。

また相談しに来てもいいですか。

そんな言葉さえ出せずに、私は静かに病室を立ち去ることになった。

5

ついに私は、紫に補聴器のことを話すことにした。

常盤さんに相談して決意を固めたものの、どうやって伝えようか、言い方やタイミングを考えているうちに三日も経っていて、自分が情けなくなった。

（ちょっといい？）

夕食を済ませ、紫がお風呂からあがったところで話すことにした。今日は食事中の紫の表情が明るかったから、チャンスだと思った。

（なに？）

（話がある）

私の真剣さが伝わったのか、紫は真顔になって聞く姿勢を取った。お茶を用意しておけばよかったと思ったけど、もう遅い。

（この前、先生に言われたんだけど――）

そんな前置きをしてから、私はひとつずつ丁寧に、手話を使って説明をした。普段から食事中以外は口も動かすようにしているけど、今日は少し大きめに声を出した。

低音に微かに反応できるようになっていること、最近の補聴器はかなり性能がよくなっていること、うまくいけば会話ができるようになるかもしれないということなど、先生の言葉を思い出しながら伝えていった。

紫は驚いたり戸惑ったりしながらも、最後まで聞いてくれた。低音が聞こえているという自覚はまったくなかったらしい。当然、私の声も聞こえていない、と。

私がすべて話し終えると、紫は大きく息を吐いてからこう言った。

（その話を聞いたのって、いつ？）

最初に聞くことがそれなのかと、意表を突かれた気になったけど、隠すことではないから正直に答える。

（一週間くらい前かな）

いや、もう十日くらい経ってるか。わざわざ訂正する気にはならなかったから、このまま通させてもらう。

（そっか）

紫はそれだけ言って、密《ひそ》やかに笑ってみせた。その意図はどこにあるんだろうという思いで、紫の顔を見つめる。

（なに？）

私がこう聞くと、紫はにこりとしたまま首を小さく左右に振って、軽快に手話を出した。

（最近ずっと、お姉ちゃんが暗い顔をしてたから）

そう言われてしまうと、何も言い返せない。かろうじて（そう？）とだけ言ってみたけど、紫はやっぱり笑顔でうなずくだけだった。

（何か悩んでるっぽいけど、いつまでたっても話してくれないなーって、ずっと思ってた）

（心配かけてごめんね。なかなか勇気が出なくて）

（ううん。話を聞いて、お姉ちゃんが私のために悩んでくれてたんだってわかったから）

やっぱり紫に隠しごとなんてできないか。それでも紫は私が言い出すのをずっと待っていてくれたんだと思うと、自然と胸が熱くなる。

（……どうする？）

私から結論を求めた。これ以上間を持たせられる気がしなかったから。

（やってみよう。少しでもよくなる可能性があるなら、私も賭けてみたい）

顔つきだけでなく、手話の出し方からも力強さのようなものを感じた。私の知らない間に、紫はどんどんたくましくなっているみたいだ。

（ほんとに平気？　うまくいくとは限らないよ？）

それなのに私は、ネガティブな心配が先に出てきてしまう。紫から前に進もうって言ってくれたんだから、その声を掬《すく》い上げればいいのに。

（すっごく怖いよ。でも、お姉ちゃんがいてくれるんでしょ？）

「紫……」

声だけが先に出て、手を動かせなかった。この声が紫の耳に届けばいいのにと、強く思った。

（お姉ちゃんがずっと言い出せなかったのは、うまくいかなかったときのことを考えてくれたからだよね？　そんなお姉ちゃんが一生懸命悩んでこうして提案してくれたんだから、それなら私は――）

「紫っ！」

紫の手話が終わる前に、私は紫を抱きしめていた。体が勝手に動いていた。

「お姉ちゃんが、支えるからね」

そう言っても聞こえるはずないし、密着しているから唇も読めないし、お互いの顔だって見えない。それでも、今の私の気持ちを伝えるならこれしかないと思った。私が勢い余ったせいか、紫は息ができないよと言わんばかりに私の背中を叩いたけれど、そう簡単には離れられない。それくらい、私の胸はいっぱいだった。

このあとは常盤さんと相談した通りに、どんな結果になっても受け入れられるようにしようねって話すつもりだった。だけど、そんなことは言わなくても紫にはちゃんと伝わっていた。それがすごく嬉しかった。

私から解放されないと観念したのか、紫は両手をそっと私の腰に回して、力を込めて私を抱きしめ返してくれた。これじゃどっちがお姉ちゃんかわからなくなっちゃいそうだけど、慰めてもらっているのとは違うから、これ幸いと紫の温もりを堪能《たんのう》することにした。

十分満足した私は、自分から紫と離れるようにした。改めて向き合って、二人で笑い合う。紫は照れくさそうにしていたけれど、私も顔が赤くなっているに違いない。泣いてはいないつもりだけど、声を出したら震えていたかも。

（お茶でも飲もうか？）

こういうときも、手話は便利だ。泣きそうになっててもわかりにくいし、場面を切り替えやすい。私の提案に対して、紫は体だけ台所のほうに向けて、今日一番の明るい笑顔を見せてこう言った。

（アイス買ってあるんだ。お姉ちゃんの分もあるから、一緒に食べよう）

なんて素敵な妹なんだろう。きっと私に元気がないことを心配して買っておいてくれたんだ。静かに動き出した紫の背中を見ていたら、込み上げてくるものを感じた。ここで泣いたらさすがに意味がわからない。

紫に見られないように目をこすって、私は椅子に座った。紫が持ってきたアイスは私が大好きな抹茶味のもので、今まで食べてきたどのアイスよりもおいしいと思った。

嬉しそうに食べる紫の表情を見ながら、補聴器がうまく機能しますようにと、心から願った。だけど、それと同時に今のままでも十分幸せなんじゃないかなとも思ってしまった。余計なことを考えて罰《ばち》が当たらないように、私は残りのアイスを掻き込むようにして食べた。

6

次の土曜日、私は紫とともに病院に来ている。定期健診が終わったあと、補聴器を付けてみると申し出ると、先生が紫に合った補聴器を持ってきてくれることになった。さすがにいきなり購入の手続きに入ることもなく、まずはお試しという形だ。

(なんか緊張するね)

(お姉ちゃんが緊張してどうするの)

そう言われても困る。というか、紫のこの表情を見る限り、紫だって内心ではどきどきしているのに違いないのに。

先生の話によると、補聴器の性能は年々よくなっているらしく、紫が以前に付けたものとは比べものにならないほどらしい。

その分お値段も張るみたいだけど、それで聞こえがよくなるなら何も文句はない。

「お待たせしました」

片頬をあげた先生が戻ってきた。この声が紫にも届くようになるといいのだけど。

「こちらになります」

机の上に置かれた補聴器を見て、私は驚いた。勝手に耳かけ型だと思い込んでいたが、これは耳穴型で、オーディオ用のイヤホンにしか見えなかった。

紫が先生から電源の入れ方やボリューム調整の方法などを教わっている間は、私は黙って見守ることしかできなかった。心拍数が上がっているのがわかる。

少しして、紫が恐る恐るといった様子で補聴器を耳に付けようとした。きっと私の声は聞こえるようにはならないんだろうけど、なんて声をかけようか考える。

「聞こえますか？」

先生が手話とともに問いかける。その声は決して大きくはなく、普段通りの声量という感じだった。

（…………）

紫は補聴器を手で触れながら、怪訝そうな表情を浮かべた。前みたいに何も変わっていないのか、それとも雑音ばかりが聞こえているのか。

（もう一回、お願いします）

難しい顔をしたまま、紫は手話で先生にそう伝えた。これは先生の言葉が聞こえていたからこその反応なのだろうか。

「私の声が、聞こえますか？」

今度は手話を使わずに声のみで紫にそう伝えた先生。紫は唇を読んだのかもしれないけど、すぐに反応した。

（ちょっとだけ）

紫のその手話を隣で見て、私は反射的に紫の前に顔を出した。ちょっとでも聞こえたのなら、それは大きな進歩のはず。

「本当？　私の声も聞こえる？」

手話を添えて、私も話しかけてみた。先生を差し置いた形になってしまったけど、それくらい私は真剣だった。

（……ごめん。お姉ちゃんの声は聞こえないみたい）

（……そう）

（ごめんね）

もともと女性の声は聞こえないだろうってことはわかっていたのだ。ここで私が落ち込むのは筋違いだ。私は笑顔だけを見せて、再び紫の隣に移動する。

「私ぐらいの声ならば、慣れていけばもっとスムーズに聞き取れるようになるでしょう」

先生は手話と一緒にゆっくりそう言った。紫はまだ手話と唇を読むほうに集中してしまっているように見えたけど、すぐにうなずいてみせた。

先生の声が聞こえるのなら、常盤さんの声も聞こえるんじゃないかな。常盤さんの声は男の人としては普通、あるいは少し低いような印象だから。

紫と常盤さんが会話をしている青写真を描いていたら、紫は早々に補聴器を外して先生に返した。どうしたのかと、すぐに紫の表情をうかがう。

（ぞわぞわする）

ぞわぞわするという手話はないけど、表情とジェスチャーでそう言ったんだと思った。慣れない世界に身を投げ込んでいるんだ、そうなって当然だろう。

「どうやらある程度の音域ならカバーできるようです。それでも実際に補聴器を付けるかどうかは、またじっくり考えてください」

先生は柔和な笑みを見せながら、補聴器を片付けた。手話なしで唇も読み切れなかったらしく、紫は私と先生の顔を交互に見ている。

「そうさせてもらいます。もし付けることになったら、こちらで調達できるんでしょうか」

そんな先生に合わせるように、私も手話なしで質問をした。何も隠すことなんてないけど、すべての会話をわかってもらう必要もないだろう。

「いえ、専門店に行ってもらうことになります。ひとりひとりの耳の形に合わせて作ることができますので、紫さんに合ったものを用意することができるでしょう」

それなら、さっき使わせてもらった補聴器のメーカーとか型番を教えてもらえばいいのだろうか。でも今は気にしないでおこう。

「わかりました。今日はどうもありがとうございました」

私が頭を下げてお礼を言うと、紫もそれに倣って頭を下げた。そして紫を立たせて診察室をあとにする。廊下に出た瞬間に、一気に緊張が解けた気がした。

「緊張したね」

なんて、声に出したって聞こえないんだって。紫は私の隣を歩いているんだから、私が声をかけたことすらわからないというのに。

（緊張したぁ）

それなのに、紫は安心しきった子どものような笑顔でこんな手話を見せるものだから、私は一瞬で舞い上がってしまった。今のこれは、紫が会話の起点になっているだけなのに。

（ちょっとでも聞こえてよかったね）

前を注意しながらゆっくりと手話を返す。歩きながら手話を使うのは難しい。

（うん。でも、お姉ちゃんの声も聞きたかった）

本当に。私が精いっぱい低い声を出したら聞こえるのかな。どうしてさっき試さなかったんだろう。なんて、どうせ聞こえないよね。

（今後はどうするか、ゆっくり考えてね）

紫は笑顔でうなずくだけだったから、ひとまずこの話題はこれで終わりにすることにした。紫にも考える時間が必要だろう。

とりあえず一番恐れていた事態は回避できた。今の私はそれだけで十分だ。

病院の外に出ると、そこにはすっきりとした青空が広がっていて、それを見た私の気持ちは一瞬で晴れ渡った。

（………）

大きく伸びをして軽快に歩く私に対し、隣を歩く紫の表情はどこか冴《さ》えないものだった。どうしたのって聞く前に、紫の手が動く。

（直久くん、絵は描けたのかな）

哀しそうなその視線の先には、常盤さんがよく座っていたベンチがあった。今は誰も座っておらず、そこに近づくにつれて私の気持ちも複雑なものになった。

（もうここにも来てないのかな？）

ときどき来てるんじゃないかなと、心の中で答える。私たちが今日ここに来ていることを常盤さんにも伝えてあるから、うっかり鉢合わせる心配はない。

紫もきっと私と同じで、常盤さんは絵を描くために病院に来ていたと思っているはずだ。だから絵が描き終わったのなら、ここで会うことはないという発想になる。今だって常盤さんは近くにいるのに、私には話せないことが多すぎる。

（補聴器のこともあるし、また連絡してみるね）

私は常盤さんに振られたことになっているから、これは紫なりの配慮なんだろう。おかげで私は、労せずしてこの話題をやり過ごすことができた。

このときの紫の真剣さと戸惑いを混ぜ合わせたような表情を見ていたら、嘘をつくことよりも本当のことを言えないでいることのほうがよっぽどつらいということに気づいた。

私の中にはまだ、秘密を守ろうという気持ちと、話したほうがいいんじゃないかという気持ちの両方がある。私はいったいどっちの味方なんだろう。

そんなことを考えながら、家までの道を歩いた。紫が何か話しかけてくることもなくて、お互いにそれぞれ別々なことに頭を抱えながらの帰り道になった。

7

補聴器を試してから数日後、私は一人で病院に来ている。治療があるわけでもないし、補聴器について聞きたいわけでもない。

直久くんと連絡が取れなくなったのだ。

補聴器を付けた感想をメッセージで送っても返事がなく、一日待って今度は小説についての話を持ちかけたけど、それにも反応がない。二日以上連絡がつかないなんてこと、今までになかった。

だから私は、今は病院の広場のあのベンチにいる。ここにいれば直久くんが絵を描きに来るかもしれない。そんなわずかな望みにかけて、私はここにいる。

とりあえず読書をしていたのだけど、内容がまるで頭に入ってこない。ふとしたときに周囲を見渡していて、五分おきくらいにスマホを確認している。

今の私はまるで、恋する乙女みたいだ。気になっている人がいて、会いたいのに会えないでいる。いつでも会えると思っていた分、余計に不安は高まる。この気持ちを小説に生かしたいところだけど、うまく言葉にできそうにない。

こんなことになるのなら、通話機能があるアプリを使っておけばよかった。話せないし聞こえないから意味ないと思っていたけど、電話をかけて無言でいれば、それだけでも気持ちは伝えられるじゃないか。

直久くんの住所は知らないし、電話番号も勤めていた学校も知らない。思えば、私たちのつながりは本当に希薄《きはく》なものだ。SNSアプリという、誰でも気軽に使えて、簡単にアカウントを作り直すこともできる、細くてもろい一本の糸しか頼れるものがない。どちらかのスマホが壊れたら、その瞬間に連絡は途絶えてしまう。

これはなにも、直久くんに限った話じゃない。今の私は、お姉ちゃんと病院の関係者以外とは簡単に縁が切れる。ここにスマホを置いてどこかに行ったら、お姉ちゃんですら私を探すのは困難になる。

これって実は、すごく怖いことなんじゃないかな。別々な場所にいて災害が起きたときに、どこで落ち合うかはお姉ちゃんと共有できているけれど、それだっていざというときに確実に効果を発揮するかはわからない。

（……）

いてもたってもいられなくなった私は、本を置いてスマホを手に取った。どうにかして直久くんの情報を探せないだろうか。

まずは試しに、私が普段から使っているもうひとつのSNSアプリで直久くんの名前を検索した。私は本名で登録していないけど、直久くんはヒットするかもしれない。

思った通り、常盤直久という名前のアカウントがあった。すぐにその人の投稿を確認したけれど、どうやら同姓同名の別人のようだ。

その後もいくつかのアプリで同じことを試したけれど、有益な情報は得られなかった。スマホの電池が減ってきたから、いったん作業はやめにする。

すると、私の肩にそっと何かが触れるのを感じた。私は一瞬で気持ちが高揚《こうよう》して、すぐに後ろを振り向いた。

（こんなところで一人で、どうしたの？）

そこにいたのは、見慣れた看護師さんだった。手話が使える人の中で一番歳が近い女性だから、それなりに仲良くしてもらっている。だけど連絡先は知らない。

（本を読んでたんです）

ちょっと考えたあと、これだけ伝えた。読書は中断していたけど、手元に文庫本は置いたままだったから、おかしなことはないだろう。

(本当？　すごく怖い顔してたよ？)

どうやら少し前から様子を見られていたらしい。きっと私は、この人が近づいてくるのにまったく気づかず、夢中でスマホの操作をしていたんだろう。

(何か悩みがあるなら、なんでも相談してね)

私が(なんでもないです)と伝えようとする前に、看護師さんはこれだけ言って立ち去ろうとした。たまたま通りかかったときに私を見つけて、それで声をかけてくれたんだろう。

(なに？　どうしたの？)

笑顔を見せて見送ろうと思ったのに、私の体は意に反して勝手に動いていた。私は去り行く看護師さんの袖《そで》をつかんでいた。

(ここで絵を描いていた人、知りませんか？)

足を止めて私に振り向いてくれた看護師さんに手話を見せる。私からどれだけの必死さがにじみ出ていたのだろう。看護師さんも真剣な表情を浮かべてつぶやいた。

「　　　常盤さん　　　　　」

(今、なんて言いました？)

声は当然聞こえないのだけど、唇の形で直久くんのことだと思った。

(ト・キ・ワ――)

(どうして？　どうして直久くんの名前を知ってるの？)

看護師さんは指文字を見せたあとにも何か手話を続けようとしていたけど、私がそれを遮った。思いもよらぬ形で直久くんの名前が出てきて、私はやや混乱していたのかもしれない。

(どうしてって、ここに入院してるから……)

(入院？　直久くんが？)

それで連絡がなかったんだ。突然入院だなんて、どこかけがでもしたのかな。大事に至らなければいいけど。

私の問いかけに対し、看護師さんは曖昧な表情を浮かべるだけで、何も答えてくれなかった。ただ、とりあえず病院内に直久くんがいるってことがわかって、私の気持ちはだいぶ落ち着いた。

(直久くんはどこにいますか？)

(さ、さぁ。私はここで絵を描いている様子を見たことがあるだけだから)

(お見舞いがしたいんで、病室を教えてください)

(ごめんなさい。わからないわ)

そういうものなのかな。大きな病院だし、担当する科が違えば把握できていなくても当然か。ただ単に守秘義務に従っているだけかもしれないけど、ここで簡単に引き下がることなんてできない。

（私、絵を見せてもらう約束してるんです。それで、ここでずっと待ってたんです）

待ち合わせはしていないけど、嘘はついていない。もうなりふりかまってなんていられなかった。

（お願いします。さっき言ってくれたじゃないですか。なんでも相談してって）

私の必死の訴えが届いたのか、看護師さんは（ちょっと待ってね）とだけ言って、足早に去っていった。

少しして戻ってきた看護師さんに、直久くんの病室を案内してもらった。歩きながら重苦しい雰囲気を感じて、私の胸はどきどきしっぱなしだった。

＊　＊　＊

「……母さん」

ベッド脇の椅子に座る母に声をかける。病室の中はほとんど音がないから、小さな声でも簡単に届く。

「なに？　どこか痛い？」

母の第一声はだいたいこれだ。体のあちこちが痛いから、今さら何も言いようがない。僕は無言で首を振ってみせる。

　そんな僕がゆっくりと体を起こそうとすると、母がすぐに背中に手を回して支えてくれた。そろそろそのときがくると、なんとなく感覚的にわかった。

「渡したいものがある」

　そう言って僕は、ベッド脇に備え置かれたテーブルに乗せてあるトートバッグを見た。自分で手を伸ばしたいけれど、僕の視線に気づいた母が先に動いた。

「これ？」

「そう。中にスケッチブックが二冊あって、その一冊を、母さんと父さんに」

　数年かけて描き上げた絵を、両親にプレゼントすることにした。最初はそんなつもりはなかったけど、仕事を辞めたときにそうしようと思った。もう一冊はまだ埋まっていないけれど、印南姉妹にプレゼントするものだ。

「見てもいい？」

「もちろん」

　母に渡したほうは、僕の生活圏の様子を描いたものが多い。紫さんに見せた夜の駅前や、翠さんに見せた川沿いの道もあるし、僕が勤めていた学校の絵もある。

　親元を離れた僕がどんな場所で過ごしてきたのか、それが伝わればいいと思った。こんなもので親孝行ができるとは思えないけど、僕に遺《のこ》せるものはこれだけだ。

「相変わらず、上手ねぇ。お母さんもお父さんも、絵なんてからきしなのに」

母は泣きそうになりながらそう言った。一枚ずつ見ていく中で、その場所の説明を少しずつしていった。

「それと、お願いがひとつある」

ひと通り絵を見終えた母がスケッチブックを閉じたところで、僕から話を変えた。母は僕の言葉を受けてすぐに表情を引き締めた。

「もう一冊のほうなんだけど――」

ここまで言ったところで、病室の扉がノックされる音がした。それからすぐに看護師さんと思われる女性の声が聞こえて、その声に応じるべく母が立ち上がる。

「失礼します。常盤さんのお見舞いがしたいという方がいらっしゃいまして……」

「！」

申し訳なさそうな表情の看護師さんの背後に、見知った顔の女性が佇《たたず》んでいた。すごく会いたかったけど、会わないようにしていた人だ。

「…………」

（こんにちは）

ゆっくりとした足取りで僕に歩み寄ってくるその人に、僕は今できる精いっぱいの笑顔を見せてあいさつをした。体は思うように動かなくても、手はまだ大丈夫だ。

（どうして……）

悲しみに満ちた表情で、紫さんは左手掌の下を、右手人差し指でぐらせて前へ出した。たったひとつの手形で表せる短い手話だが、それに相反《あいはん》するように聞きたいことはたくさんあるんだろう。

(ごめんね)

僕のほうから今の状況を説明することはできなかった。それは手話では言い表せないからではなく、今さら何を言っても紫さんを納得させることはできないと思ったからだ。今の僕を見てもらうことですべての説明がつくと思った。

「直久、こちらは……」

紫さんの耳が聞こえないことは察してくれたのだろう。母は心配そうな表情で僕に声をかけた。紫さんがその声に反応することはなかった。短い髪の隙間《すきま》から耳が見えたけれど、補聴器は付いていないと思われる。

「最近ここで知り合った、印南紫さん。事故で耳が聞こえなくなっちゃったんだけど、僕が少しだけ手話を使えたから、それで仲良くなれた」

こんな話をしながら、紫さんには手話で僕の母の紹介をする。すると、紫さんは声を出すことなく深々とお辞儀《じぎ》をし、母も同じように無言で頭を下げた。

母には印南姉妹のことは話してあるが、実際に会うのは初めてだから、突然の訪問に戸惑っているようだった。紫さんの耳については言及していなかったから、なおさらかもしれない。

それからすぐに、母は飲み物を買いに行くと言ってせわしなく病室を出ていった。おそらく僕たちに気を回してくれたのだろう。紫さんと一緒に来た看護師さんもこのタイミングで退室し、病室の中はますます静寂《せいじゃく》に包まれることになった。

紫さんは一度顔を上げて天井を見つめ、視線を僕の顔よりも下に落とし、目を閉じる。それから声を出すときと同じように小さく息を吸って、ゆっくりと手を動かす。

(私、直久くんと話したいこと、いっぱいある)

(うん。こんな状態だけど、よかったら聞かせて)

こうして、僕は紫さんの話を聞くことになった。僕からはほとんど手話は返せなかったけど、紫さんが夢中で手を動かしている様子を、僕は目に焼き付けるようにじっと見ていた。

耳の調子がよくなってきたと言われて、試しに補聴器を付けたら少しだけ先生の声が聞こえたことや、翠さんが転職活動を始めたことを話してくれたときなどは、とても嬉しそうだった。翠さんから聞いているところもあったけど、僕はあたかも初めて知ったような反応を示すことにした。うまく演技ができていたかどうかはわからない。

そのあと紫さんの書いている小説の話になったけど、このときは紫さんの手話が読み取れないことが多かった。僕が読み取れていないとわかったのか、紫さんはすぐにスマホを取り出して、たくさんの文字を僕に見せた。

僕がスマホを扱うことはなく、その後はほとんど一方的に紫さんの話を聞くことになった。

前に冒頭部分を見せてもらったときと違って、紫さんはちっとも楽しそうじゃなかった。終始沈痛な面持ちで、僕はそれを申し訳ないと思いつつも、できれば笑顔を見せてほしいと、あまりにも身勝手なことを考えた。

物語はまだ中盤らしいから、僕が紫さんの小説の続きを読むことは残念ながら叶《かな》わなそうだ。『もう少し時間がかかる』と言ったときの紫さんの表情は、必死に感情を押し殺しているように映った。

続いて僕の絵の話になり、あの絵は描き終わったのかと聞かれたけれど、僕はあとちょっとだと嘘をついた。手元にあるスケッチブックを開くこともしなかった。

（大丈夫？）

僕が激しく咳き込んだタイミングで、紫さんがそう聞いた。体はかなりしんどいけど、紫さんには言いたくなかった。紫さんが僕の体調に触れることもなかった。

すると、いいタイミングで母が戻ってきてくれて、これを機に紫さんの言葉数は一気に少なくなった。紫さんには悪いけど、これ以上話を続けるといろんな意味でつらくなりそうだから、僕はひとこと謝って横になることにした。

母からお茶を受け取った紫さんは、それを飲むことなくずっと両手で握り締めていた。僕の顔をじっと見ていたような気がするけど、僕はその視線にうまく応えることはできなかった。

（私、帰るね）

眉を八の字に寄せて、紫さんは言った。仰向《あおむ》けになった僕にも見えるように手話を出してくれて、そのときの目にはうっすらと光が帯びていたように見えた。

最後くらいはと、僕はできるだけ穏やかな顔を見せると、紫さんはさらに表情をゆがめて静かに病室を出ていった。母はいつになく険しい顔だった。

それから少しして、母が再び椅子に座ったところで、さっきの話の続きをした。うっかりすると寝てしまいそうだったから、これだけは伝えておかないと。

「さっきの紫さんが、妹さん。お姉さんの翠さんには僕の病気のことを話してあったけど、紫さんには黙ってたんだ」

「そんな話もしてたわね。つらい思いをさせちゃったわね」

二人に話すかどうかの相談はしたが、結局どうしたのかは報告していない。母は紫さんを慮《おもんぱか》るようにつぶやいた。

「それで、もう一冊あるスケッチブックを、二人に渡してほしい」

暗い空気になってしまったが、僕から話を進めた。これだけは伝えておかないといけない。

「それが、さっき言ってたお願いね?」

この問いに、僕は黙ってうなずいた。どうして今渡さなかったのかと母は問いたげに見えたけど、母はそれ以上何も聞かなかった。その様子を見て、僕は静かに目を閉じた。

こんな形で紫さんに僕の状態を知られることになってしまったのは計算外だけど、これでよかったんだよなと、無理やりにではなく自分を納得させることができた。

紫さんから今日の話を聞かされる翠さんを思うと心苦しいが、これで翠さんの気持ちも少しは軽くなるんじゃないかと、そんなことを考えていたら、知らない間に眠ってしまっていた。

＊　＊　＊

紫が補聴器を試しに付けてから数日が経ったある日、私たちを取り巻く環境が大きく変わることになった。

補聴器については紫が結論を出すのを待つつもりでいたし、心配していた事態は回避できたから、私は転職活動に集中し始めたときだった。

（ただいま。すぐにごはんの支度をするね）

いつも通りの時間に家に帰ると、紫が一人で居間の自分の席に座っていた。何もせずに無表情で座っている紫の姿に、私は言いようのない不安を覚える。

（…………）

私が台所に立つと、いつの間に紫は立ち上がっていたのか、私に近寄ってそっと私の腕をつかむ。

（どうしたの？）

紫の手にはほとんど力が入っていなかったけど、ただならぬ気配を感じた私は、手を洗うこともできずに紫と向き合うことになった。

するとと紫は、（話がある）とだけ手話を見せて、ゆっくりと自分の席に戻っていった。怒っているような泣いているような、とにかくつらそうな表情だった。

（どうしたの？）

私も椅子に座り、うつむいた紫の視線を起こすように呼びかけた。紫はゆがんだ顔で私を見つめるだけで、次の手話はなかなか出てこなかった。

（…………）

それでも私には待つことしかできない。話しやすいように笑顔を見せたいところだけど、全然そんな空気じゃなかった。せめて真剣な表情だけは崩さないようにしたい。

（私――）

右手の人差し指で自分の鼻を指し、それで紫の手話は止まった。手話だって声と同じで、言葉に詰まることはある。

次に紫が動いたとき、何か光ったように見えた。それが何かを確認する前に、紫の手話が始まった。

（私、補聴器を付けるの、やめる）

紫は涙を流しながらそう言った。私は驚きこそしたものの、この件に関しては紫の決断を尊重するつもりだったから、反論することはない。だけど、そんな悲しそうな顔をするくらいだから、何か深い理由があるはずだ。ここで怯《ひる》むわけにはいかない。

(理由を、聞いていい？)

少しでも紫の気持ちを落ち着けられるように、私はできるだけゆっくり手を動かして質問をした。紫は涙を拭うこともせずにこう続けた。

(直久くんに、会ってきた)

「――っ！」

顔を合わせたということは、常盤さんが病気であることを知ってしまったということか。どうしてそんなことになったんだろう。何があったのか、聞こうにも聞けないでいると、紫が先に手を動かした。

(お姉ちゃん、知ってたんでしょ？)

常盤さんから聞いたのか、それとも今の私の表情ですべてを察したのか、紫は半ば確信めいた様子で私にそう聞いた。私自身、紫が補聴器を試しに付けてみることにしたという報告をして以来、常盤さんとやり取りをしていない。

(……ごめんね)

謝ることしかできなかった。常盤さんに口止めされたから、なんて自分を守るようなことは言いたくなかった。

（どうして？　どうして教えてくれなかったの？）

（紫が悲しむと思って、言えなかった）

常盤さんを悪者になんてできない。紫の気持ちは全部私が受け止める。私は私なりに強い気持ちを持って紫と向き合うことにした。

（それでも、あと少し早かったら……）

それだけ言って、紫はまた泣き出してしまった。さっきからずっと涙は流れていたけれど、今度はしゃくりあげるようにして泣いた。もっときつく怒られるかと思ったけど、紫はただただ悲しそうだった。何か声をかけようにも、紫は手で顔を覆《おお》ってしまったから何も伝えようがない。

――ちょっと待って。あと少し早かったらって、どういうこと？

紫だって、常盤さんと会えたこと自体は嬉しかったんじゃないの？

病気と知って悲しくなっただけなら、補聴器を付けない理由にならないし、早かったらなんて言葉も出てこない。

「紫！」

私は立ち上がって紫のもとに歩み寄り、うつむく紫の肩をつかんで名前を呼んだ。声は聞こえなくても、表情と唇の動きだけでも伝わるはずだ。

（…………）

お気に入りのおもちゃを取り上げられた子どものような、怒りと悲哀《ひあい》が混じった微妙な表情で、紫は私を見上げていた。紫のこんな顔を見るのは久しぶり、いや、初めてかもしれない。

(常盤さんに何かあったの?)

紫が顔を上げたことを確認してから、私は今までにないくらいのスピードで手を動かした。声も大きくなっていて、なりふりかまってなんていられなかった。

(お話なんて、できる状態じゃ、なかったよ)

前に私が会ったときは、元気そうではなかったけど普通に話はできた。あれからまだそんなに日は経っていないはずなのに、まさかそんな。

こんなところで紫が嘘をつくわけがないのに、紫の言葉をすぐには信じられなかった。信じたくなかった。

(……どういうこと?)

私がそう聞くと、紫は観念したような表情を浮かべてから、淡々と今日あった出来事を話してくれた。

常盤さんのことを知っている看護師さんに会えたのは奇跡みたいなものだと思ったけど、これは紫にとって幸運だったのか。常盤さんからすれば望まぬ展開だったのだろうけど、それでも私は、心のどこかでこれでよかったんじゃないかとも思った。

病室で見た常盤さんは、笑顔こそ見せてくれたけれど、ほとんど体を動かすことはなかったそうだ。それでも、ほんのわずかな手話で紫の相手をしてくれたとも。

(――直久くん、すごくつらそうだった)

紫は最後にこれだけ言って、力なくうなだれた。私は私で状況を理解するのに必死で、何も言えなかった。

紫がこんなに傷つくくらいだから、それこそ目も当てられないような状態だったのだろう。私の想像におさまるのだろうか。

(私も、常盤さんがそんな状態だなんて知らなかった)

何の言い訳にもならないとは思うけれど、これだけは伝えておきたかった。私も紫と同じようにショックを受けているんだ。気丈《きじょう》に振る舞うことなんてできない。

(補聴器を付けたら、直久くんの声、聞こえるかもって、思ってたのに)

紫はなおも泣き続けながら、途切れ途切れの手話を出す。私に対する怒りよりも、常盤さんへの悲しみのほうが圧倒的に強かったようだ。

(そしたら、私も、しゃべる練習、しようかなって……)

それは私も考えたよ。三人でおしゃべりできたらどれだけ楽しいか。悔しいのは紫だけじゃないんだよ。

(もう、なんにも意味ないよ。お姉ちゃんの声だって聞こえないし)

そんなこと言わないでよ。これからも聴力が回復する可能性だってあるじゃない。

私にだって言いたいことはあるのに、とてもじゃないけどうまく言える気がしない。これは手話だからじゃなくて、たとえ声を届けることができたとしても。

そんな私が手をこまねいていると、テーブルに置いてあった私のスマホが鈍い音とともに振動した。マナーモードを解除するのを忘れていたようだ。

（……見れば？）

紫にはスマホの音は聞こえていないはずだけど、私がスマホに反応した様子を見て状況を理解したらしい。紫に促されてスマホを確認する。メールが一通届いていた。

「えっ？」

私は思わず声を出し、すぐに手で口をふさいだ。紫を気遣う余裕なんてなくて、ほとんど反射的に反応してしまった。

（どうしたの？）

きっと私は青ざめていたのだろう。さっきまでの仏頂面《ぶっちょうづら》とは違い、少し心配そうな表情で紫が尋ねてきた。

（紫にも、届いてると思う）

私がこう答えると、紫はほんの少しだけ眉をひそめて、自分のスマホを取りに行った。画面を見せれば済む話だけど、そんなことはできなかった。

少しして、蒼白《そうはく》の顔をした紫が戻ってきた。唇が微かに震えていて、信じたくないといった様子だった。私たちは互いに見つめ合うだけでしばらく動けなかった。

『明日の朝、病院に来てもらえませんか』

常盤さんからこんなメールが届いたのだ。

回数は多くないけれど、常盤さんはメールの冒頭には必ずあいさつを添えてくれるし、こんなに短いこともなかった。これだけでも嫌な想像をさせるには十分だった。

そのあとのことはよく覚えていない。かろうじて私が作った夕食を二人で食べたと思うけど、何を食べてどんな味だったのかは思い出せなかった。

そして翌朝、私たちは二人で病院へと向かった。どんな気持ちで常盤さんに会いに行けばいいのか、わかるはずもなかった。

8

午前十時、私と紫は常盤さんの病室の前にやってきた。面会が許されるのは午前九時からだけど、なんとなくその時間に行くのはためらわれた。

（いい？）

私のこの確認に紫は、神妙な面持ちのまま黙ってうなずいた。私はひと呼吸おいてから、そっと扉をノックする。

「どうぞ」

中から聞こえてきたのは女性の声で、聞き覚えのないものだった。できるだけゆっくりと扉を開ける。

「失礼します」

私が先に室内に入り、紫が扉を閉める。入り口の近くに女性が一人、ベッドの奥に男性が一人、それぞれ立った状態で私たちのことを見ていた。常盤さんのご両親だろう。

「あなたたちが、印南さんね？」

そう言ったのは女性のほうで、私がすぐに「そうです」と答えると、女性は悲しさを押し殺すようにして笑ってみせた。

「来てくださって、ありがとうございます。息子がお世話になっております」

「いえ、私たちのほうこそ、常盤さんには本当によくしてもらって……」

私が答えていると、紫がふらふらとした足取りでベッドのほうへと歩き出した。私たちの会話は聞こえていないだろうし、止めることもできない。

お母様の許しを得て、私もベッドに歩み寄った。ベッドの奥にいたお父様が、私たちが近づくのに合わせて、ゆっくりと口を開く。

「一時間ほど前に、静かに息を引き取りました」

常盤さんによく似た声だった。常盤さんは眠っているように穏やかな表情をしていたから、言われなければわからなかったと思う。

今のお父様の言葉、紫の耳には届いていないのだろう。ならば、そのことを伝えるのは私の役目だ。

そう思って紫の肩を叩こうとしたけれど、触れた瞬間に言葉は不要だとわかった。


「うわあああああぁぁ！」


紫は声を出して泣いた。肩だけではなく全身を震わせて、数年間出していなかった声を出し切るように大声で泣いた。

そんな紫を前にして私が耐えられるはずもなく、ご両親の前で申し訳ない限りだけれど、二人そろって号泣《ごうきゅう》することになってしまった。

それからしばらくして、紫が静かにしゃくりあげるようになったところで、私のほうからご両親に声をかけることにした。ここは姉のがんばりどころだ。

「……すみません、取り乱してしまいまして」

私がそう言うと、お母様もベッドのそばに移動してきて、夫婦で並んで笑顔を見せてくれた。

「私も同じように泣きました」

そう言ったのはお母様。今は幾分落ち着いた表情だった。

「直久は幸せもんだな。こんなきれいな女性二人が、こうして泣いてくれるんだから」

お父様はこんなふうにおどけてみせてくれたけど、その表情は冴えなかった。私は曖昧に笑うことしかできない。

「昨日のお昼ごろ、容体《ようだい》が急変して」

この沈黙を破ったのはお母様だった。常盤さんの様子を詳しく聞かせてもらう。

「そちらの妹さんがいらしたときはたまたま落ち着いていたんですけど、昨夜か今朝がヤマだろうと……」

それなら紫は幸運だったということだろうか。あるいは、紫が来たから、常盤さんは無理して強がってくれたのかもしれない。

ここから先は紫にも聞かせるべきだと思った私は、紫を常盤さんから引きはがすようにして立たせ、お母様の言葉を手話にして伝えるようにした。

常盤さんは何日も前から、お母様に亡くなってからのことを話していたらしく、その話の中に私たちも含まれていたとのこと。

家族と病院のスタッフを除けば、現在進行形でかかわりを持っているのは私たちだけだったらしく、他の知り合いにはこれから訃報《ふほう》を届けるらしい。

昨日の夜に送られてきたメールは、お母様が補助をして常盤さんが作成したものだった。そのときに私たちを今日ここに呼ぶことを聞いたそうだ。

「おふたりの話をしてるとき、息子は本当に楽しそうにしていました」

「そうでしたか。私たちはもう、頼りにさせてもらいっぱなしでした」

それから少し、私たちと常盤さんのかかわりについて、出会いからその経緯を話させてもらった。常盤さんは私たち姉妹に本当に親切にしてくれて、感謝の気持ちでいっぱいだということを伝えた。

話しながら、まだ出会って二ヵ月くらいしか経っていないことと、もうすでにかけがえのない存在になっていたことを実感した。

そんな私の話をご両親は、いとおしむようでありながらも、やや戸惑い気味に聞いていた。特に、常盤さんが手話を使えることは驚きだったようで、今でも信じられないといった様子だった。

そこから今度は、ご両親から見た常盤さんについての話も聞かせてもらった。まじめな性格で仕事熱心だったから、私たちのような知り合いがいるとは思わなかったらしく、それらは私たちにとっては意外なことだった。

一連の会話において、私はご両親の言葉を手話にしつつ、自分でもしゃべりながら手話を出していたから、どうしてもテンポが悪くなってしまった。だからといって紫を置いてけぼりにしたくなかったし、ご両親も私たちの手話を一生懸命見てくれていた。

「お母さん、そろそろあれを……」

「そうね。すっかり長話に付き合ってもらっちゃったわね」

これまで口数が少なかったお父様が口を開き、それに反応したお母様は、ベッド脇に置いてあったトートバッグを持ち上げて、そこから何かを取り出した。

お母様が手にしたものを見た私たちは、一瞬で感情が高まった。涙をこらえるのに必死だった。

「これを、もらってやってください」

お父様が静かにそう言って、お母様が私にそれを差し出した。見慣れたスケッチブックが目に入った途端に涙が伝《つた》った。

「あなたたちに完成させた絵を見せることが、息子にとっての最後の希望でした」

「昔から絵を描くのが好きなやつでしてね。だからこれは、そんな息子が生きてきた証です」

そんなふうに言われてしまっては、私たちはここで見るだけで返すべきなのではと思ってしまった。だけど、やっぱり私たちももらえるものならもらいたい。どうすればいいんだろう。

「大丈夫よ。私たちもちゃんと、もらったから」

表情に出てしまっていたのか、お母様がすぐにそう言ってくれた。今の困ったような笑顔は、常盤さんによく似ていると思った。

私たちがもらえるのは、おそらく病院の風景を描いたものが含まれるスケッチブックだろう。ということは、最初に見せてもらった川沿いの春の景色や、紫が気に入った駅前の夜景の絵は入っていない。それは残念だけど、こっちのスケッチブックの絵はまだ見ていないものばかりだから、これがもらえただけでもありがたく思わないと。

「そうでしたか。それでしたら、ありがたく頂戴《ちょうだい》します」

感謝の言葉を伝えて、私はスケッチブックを紫に持たせた。これをもらったということは、私たちがここにいる用事は済んだはずだ。

「あっ！」

お母様が突然大きな声を出して、紫に向かって手を伸ばした。紫にはその声は聞こえないから、私は紫の動きを止めてからお母様に事情を聞く。

「それ、ここでは見ないでほしいって、息子が言っていました」

紫がスケッチブックを開きかけたから、お母様もつい慌ててしまったらしい。

私がそのことを紫に伝えると、紫は不思議そうな顔でスケッチブックを閉じた。私にも常盤さんの真意はわからない。

「それでは、私たちはこれで……」

これ以上ここにいるべきではないと思った私は、ご両親に頭を下げてそう言った。

「来てくださって、本当にありがとうございました。また連絡させていただきますね」

お母様のこの言葉を受けて、私たちは病室を出ることにした。笑顔で見送ってくれたご両親の心中を慮りたかったけれど、今の私にはそれができるほどの思慮深さ《しりょぶか》も、心の余裕もなかった。


重い足取りで病棟を出た私たちは、お互いに顔を合わすことも言葉を交わすこともなく、ただただ歩くだけだった。

常盤さんの病気について紫に秘密にしていたこととか、常盤さんの死の間際に立ち会えなかったこととか、ご両親にはもっと気の利いた対応ができたんじゃないかとか、いろんなことが頭の中をぐるぐると駆け巡ってはいたけれど、それらもただ単に巡るだけで何にもならなかった。

そんな放心状態の私でも、次にするべきことだけはわかっていた。それはきっと紫も同じだと思う。

（…………）

思っていた通り、少し歩いたところで紫が足を止めた。私たちの前には、常盤さんが絵を描いていたベンチがある。

（座ろうか？）

この場所に誰もいなかったのは奇跡と言ってもいいかもしれない。私たちのために空けてあるんだと、何の疑いもなく思った。

(開くよ?)

二人で寄り添うようにベンチに腰かけ、紫がスケッチブックに手をかける。どんな絵が描かれているのかは知っているけど、私たちが気になっているのは出来映えじゃない。

(………)

紫の手によってゆっくり開かれたスケッチブック。他の絵も気になるけれど、まずはここの景色だ。目的のページにたどり着いたところで、二人して食い入るようにその絵を見つめる。

常盤さんが描き加えたものはすぐにわかった。私が真っ先に思ったことは、これが現実ならいいのに、ということだ。

(今回は簡単だったね)

私が手話でそう言っても、紫はピクリとも動かずに絵を凝視していた。

まだ気づいていないのかもしれないと、紫が反応するまで見守ることにした。これは教えられるより自分で気づいたほうがいいでしょう。

紫を待つ間、私はこの絵について考えた。常盤さんが最後に描いた絵であり、常盤さんが生きていた証でもあるこの絵。

常盤さんはどんな気持ちで最後の付け足しをしたのだろう。私はそれをちゃんと受け止められているのだろうか。

(ねぇ)

紫の手が動いた。もし紫と感想が一致すれば、常盤さんの気持ちを理解できたっていえるだろうか。

(わかった?)

(これ?)

半信半疑といった表情を浮かべた紫が指さしたのは、ベンチに並んで座っている二人組の人物だ。

(それでしょう。きっと私たちだよね)

常盤さんは風景画を描いていたのだから、絵の中にいるこの二人は明らかに異質だった。私たちはそこのベンチに座ったことはないけれど、間違いなく私たちだろう。

(どうしてわかるの? どっちがお姉ちゃん?)

人物はそれほど大きく描かれてはいないから、顔で誰かを認識することはできない。それでも、この二人は笑っていると思えた。

紫は真顔で質問をしたけれど、これが私たちじゃないって思うほうが難しいと思った。これはさすがにうぬぼれではないはず。

(こっちが私で、こっちが紫でしょう)

（そうなの？　ほとんど同じにしか見えないけど……）

確かに絵の中の二人はよく似ている。体格や服装はそっくりで髪型が少し違うだけだけど、判断材料はそこじゃない。

（服の色でわからない？）

（……そういうこと？）

絵の中の女の子たちは、白いシャツはおそろいで、スカートの色が違っていた。片方が紫色で、もう片方が緑色。この緑色は前に見せてもらった翡翠色と同じだと思った。もしかしたら、この紫色が〝ゆかり色〟なのかもしれない。

（私、こんな色のスカート持ってないよ）

そこは気にするところじゃないと思うよ。そう言おうと思ったけど、紫の顔を見た瞬間に私の手は止まった。

「……っ」

声にならない声を出して、紫は泣いていたのだ。涙がスケッチブックに落ちないようにしたのか、紫は慌てて私にスケッチブックを寄越して涙を拭う。

私はそれを膝の上に置き、紫の肩をつかんでこっちに引き寄せた。さっきは上手にできなかったから、今度こそお姉ちゃんらしくしないと。

（ねぇ）

紫がちゃんと手元を見てくれているのを確認してから、私はこう呼びかけた。

(なに?)

紫はぐずりながらも手話を返してくれた。この涙は悲しみの涙じゃないってことだと思いたい。

(この絵が現実になるといいね)

(どういうこと?)

(この二人、手話なしでも楽しそうでしょ?)

絵の中の二人は、自然豊かなこの広場で楽しそうにおしゃべりをしている。私にはそう見えた。

紫がこの絵みたいに私とおしゃべりできるようになったなら、それはとても素敵なことだ。常盤さんがそれを願って絵にしてくれたんだと、私は信じたい。

(………………)

私の問いかけに何も答えない紫。今のは別に、補聴器を付けようとか治療を続けようとか、そういうことを言いたいんじゃなかったけど、失敗したかな。

(私は――――)

紫はそれだけ言って動きを止めた。触れ合っている肩が小刻《こきざ》みに揺れている。

(なに?)

紫はまた泣きそうだと思ったけど、私はその先の言葉を知りたかった。今の紫が何を思っているのか、純粋に気になった。

（——直久くんも、いてほしかった）

「………」

それは言っちゃダメでしょ。そんなの、私だって同じだよ。

（私たちがベンチに座ってて、直久くんが後ろに立ってる。手話なしなら、それでもおしゃべりできるよね）

やめてよ。一瞬でその光景が想像できちゃったじゃない。現実には一度もなかったはずのその立ち位置が、まるで昨日のことのように思い浮かべられた。

（どうせ嘘つくなら、それくらいしてくれればいいのに）

そう言って紫は私から離れた。その代わりということもないけど、今度は私が泣きそうになっている。

（あれ？　お姉ちゃん、泣いてる？）

（ううん。大丈夫）

ここでは泣きたくなかったから、無理やり目をこすって笑顔を見せる。どうせ隠せてはいないだろうけど、紫も笑顔を見せてくれた。

（絵、もう一回見せて）

すっかり立ち直ったように見える紫にスケッチブックを渡す。私も態勢を立て直さないと。

（やっぱり上手だね）

絵を膝の上に置いた紫が、今さらという感想を出す。最初に見たときはそんな気持ちにはならなかったということかな。

（大切にしようね）

私がそう返すと、紫は笑顔でうなずいてみせてから、絵を実際の風景と重ね合わせるように持ち上げた。

私も紫に合わせて風景と絵を見比べるようにしていたら、ふと疑問が浮かんできた。

（ねぇ）

咄嗟に私は紫に声をかける。紫はスケッチブックを置いてから返事をする。

（なに？）

（この絵、タイトルってないのかな？）

これまでの作品にタイトルが付けられていたかどうかは知らないが、せっかくの作品なんだから名前はあってほしい。

そう思って聞いてみたけれど、紫がその答えを知っているということはなかった。

（タイトルは欲しいね。お姉ちゃん、何か考えてよ）

突然の無茶振りに、私はおおいに戸惑った。そんなセンスは私にはない。

（紫が付けてよ。そういうのは紫のほうが得意でしょ）

（いいの？　じゃあ考えるね）

紫があっさりと引き受けてくれて、私は胸をなでおろす思いだった。小説家を志《こころざ》しているのだから、きっと素敵なタイトルを付けてくれるでしょう。

（そろそろ行こうか）

区切りがいいと思った私がこう切り出すと、紫は特に返事をせずに立ち上がった。スケッチブックは大事そうに抱えているから、そのまま持たせることにする。

そうして私たちは家に帰った。今日は二人とも仕事も学校も休むことにしたから、時間を気にすることなくゆっくり歩いた。

歩きながらいろんな話をしたけど、常盤さんに関する話は出なかった。私からはとても言い出せなかったけど、紫はどうなんだろう。

大切に思う人の死は両親ですでに経験している私たちだけど、上手な弔《とむら》い方なんて知る由《よし》もなく、これから何度も寂しくなったり悲しくなったりするのだろう。

それでも、常盤さんが描いてくれた絵があれば、なんとか前を向いて歩くことはできるような気がした。早く転職先を見つけて、常盤さんに手向《たむ》ける花を自分で用意できるようにしないと。

そんなことを考えながら何気なく視線を隣に移すと、たまたまこっちを向いていた紫とばっちり目が合った。

(なに?)

(ううん。なんでもない)

(本当に? もう隠しごとなんて嫌だからね?)

うわ、やっぱり根に持ってるのかな。今でも申し訳ないとは思うけど、私にはどうすることもできなかったって。

それでも、これからはなるべく隠しごとはなしにしていきたい。そう思った私は、強くうなずいてから紫の手を取って歩いた。久しぶりに姉妹で手をつないだけど、紫がそれを拒することはなくて、それがなんだかすごく嬉しかった。

9

常盤さんが亡くなって以降、私は精力的に転職活動に励み、夏が終わる前に、ついに転職先を決めることができた。

(ただいま)

(なに、その花)

居間で私を出迎えてくれた紫は、おかえりも言わずに私が持つ小さな花束に目を付けた。

（次の職場が決まったの）

（おめでとう！　それはお祝いの花だね？）

手元の花に負けないくらいに、弾けんばかりの笑顔を紫は見せた。だけど、この花はそういう意味合いではない。自分で自分のお祝いをするつもりはなかった。

（明日は時間ある？）

（え？　何かするの？）

紫の質問には答えずに、私は話を進める。

（常盤さんのお墓参りに行こうと思うの）

（そっか、明日って……）

手を動かしつつ、壁に掛けられたカレンダーを見る紫。このあたりは両親で経験しているからか、紫もすぐに理解してくれた。

明日は常盤さんの月命日《つきめいにち》なのだ。この花は私が勤務することになったお花屋さんで買ってきたものだけど、無事に転職が決まったことを報告に行きたい。

紫が私の提案に乗ってくれたことを確認してから、私は持っていた花束からピンクとオレンジのガーベラの花を一本ずつ抜き取って、常盤さんが描いた絵の前に供《そな》えた。ガーベラは花の色だけじゃなくて数によっても花言葉が変わるんだけど、常盤さんは知っているのかな。

そんなことを考えながら絵に向かって手を合わせていると、後ろからそっと肩を叩かれた。

いつもより優しく触れられたと思った。

私が振り向くと、紫は私と視線を合わせずにうつむいてしまった。後《うし》ろ手《で》に何か持っているように見える。

（どうしたの？）

私がそう聞いてもはにかんだ笑顔しか見せない紫。かわいくてつい抱きしめたくなっちゃうけど、今は我慢。

（そうだ。紫、ちゃんと考えてるの？）

紫が何も言い出さないから、私から別の話題をプレゼントすることにした。これはお姉ちゃんなりの配慮だよ。

（何のこと？）

紫は持っていた何かをテーブルの上に置いて、私に聞き返す。どうやら本当に何のことかわかっていないみたいだ。

（この絵のタイトル。まだ決まらない？）

この質問に対して、紫はハッとした表情を見せた。驚いたというより、閃《ひらめ》いたという感じだった。

（決まったよ！）

たった今決まったようにも見えたけど、それはこの際気にしないことにする。それよりも紫の命名が気になる。

（なに？　教えてよ）

（愛を書け！）

手話には命令形というものがなく、今の紫が出した手話は「愛」と「書く」のふたつだけだったけれど、表情と手の出し方でなんとなく命令形だと思った。

（あ・い・を・か・け？）

私が指文字で一音ずつ聞き返すと、紫は勢いよく首を横に振ってみせた。愛を書くって変だなって思ったけど、命令文でもないなら読み違えたかな。

（ア・イ・ヲ・エ・ガ・ケ）

やっぱり命令文だった。「書く」じゃなくて「描く」だったか。言われてみれば、さっきの手形は「書く」じゃなかったね。

（全部カタカナだよ）

（カタカナ？）

（そう。愛と、アイ。わかるでしょ？）

なるほど。言われてみれば定番なのかもしれないけど、私にはこういう掛詞《かけことば》みたいな発想はすぐには出てこない。

紫はこの絵を見てすぐに、常盤さん自身のことも描いてほしかったと言った。

この絵の作者である常盤さんが「私」を意味する英語の「I《アイ》」で、自分を描くことで私たちに愛情を示せと、そう言いたいのだろう。

なんて、これは私の勝手な解釈なのかもしれないけれど、私はそれでいいと思ったからこれ以上の質問はしないことにする。

(いいと思うよ)

(お姉ちゃんまで!)

紫のこの反応はよくわからなかったけど、私は全然追及する気にならなかった。紫の名付けに思いのほか満足したってことかな。

(それで、紫も何か話があるんでしょ?)

緩衝材《かんしょうざい》くらいにはなっただろう。私は紫が最初にしようとしていた話題に戻した。

それで紫もようやく決心できたのか、無言で私に座るように促した。テーブルの上にあるのは封筒みたいだけど、中には何が入っているんだろう。

(……これ!)

私が椅子に座ると、紫は手にしたA4判くらいの封筒を私に差し出した。受け取ってすぐに思ったのは、意外と重いということ。それなりの量の紙が入っているようだ。

(出していい?)

(……うん)

紫は顔を真っ赤にしてうつむいた。なんとなく中身は予想できていたんだけど、紫のこの様子を見て確信した。

中に入っていた紙を一度にすべて取り出す。一番上の紙には紫の名前と『アイヲエガケ』という文字だけが印刷されていた。

(これは何?)

わかっていても聞いてしまう私は意地悪だろうか。この質問に、紫はさらに顔を赤く染めて答える。

(私が書いた、小説)

実物を見ると、よくこんなに書けるねと、感心してしまう。私に見せてくれるとは思わなかったから、嬉しさより驚きのほうが強かった。

(完成したんだ)

私がそう言うと、紫はすぐに驚いたような慌てたような表情になって両手をパタパタさせた。動画に撮って保存しておきたいかわいさだった。

(知ってたの?)

(まぁね)

(もしかして、直久くんから聞いた?)

(ううん。なに、話してたの?)

私は嘘をついた。常盤さんを悪者にはしない。

紫の部屋に入ったときにときどき見えたけど、縦書きの文章なんて大学のレポートでも書かないでしょ。だから私は、常盤さんから聞かなくてもわかっていた。

(最初はね。)

紫はやや伏し目がちにそれだけ言って、手を止めた。どうやらまじめな話になりそうだと思った私は、紫に気づかれないように居住まいを正す。

(とりあえずひとつの小説として形にできればいいなって思って書き始めたの。だけど、直久くんの絵を見て、そんな軽い気持ちで書いたってしょうがないって思ったの)

常盤さんの絵を見てどうしてそうなるんだろう。小説の話はこれまでまったくしてこなかったから、紫の心境の変化がわからない。

(直久くんの絵を見て、私は感動した。一瞬で人の心を動かすような、そんな作品を書きたいって思った)

なるほど、そういうことか。紫は常盤さんの絵が本当に大好きだもんね。私はそっと紫を見て、ちゃんと話を聞いていることを示した。紫は小さく息を吐いて、言葉を継ぐ。

(直久くんに小説を書いてるって話をして、いつか新人賞に応募したいって言ったの。そしたら直久くんは、がんばって目指してほしいって言ってくれた。それもすごく嬉しかった)

私に話したら止められると思ったのかな。就職しないで作家を目指すって言い出したら止めたかもしれないけど、そういうことじゃないもんね。

（お姉ちゃんも、お手伝いするよ？）

これははっきりさせておかないと。まじめな雰囲気ではあったけど、私はいたずらっぽく笑ってみせた。

（ありがとう。お姉ちゃんに言うのはなんとなく恥ずかしくて、先に直久くんに話しちゃった）

それを聞いて安心したよ。のけ者にされるなんて、悲しすぎるからね。

（それで、私は直久くんの絵もコンテストに出してほしいって言ったの）

あぁ、その話になるのね。私は知らない振りをしたほうがよさそうだ。

（常盤さんは、なんて？）

（コンテストよりも、個展のほうに興味があるって）

（常盤さんらしいね）

（うん。私はそれを聞いて、絶対に実現してほしいって思った。どうやったら個展を開けるのか、調べたんだよ）

そうだろうね。常盤さんは調べなかったみたいだけど、紫は調べずにはいられなかったでしょう。人のことなのに自分のことみたいに本気になれる、紫の美点だと思う。

（私も、常盤さんの個展、見てみたかったなぁ）

実際に常盤さんにも伝えたけれど、今はより強く、心から、そう思った。いつか現実になることを、狂おしいほどに願う。

(お姉ちゃんもそう思う?)

勢いのある手話だった。希望に満ちた輝かしい目をまっすぐに私に向けている。

(うん。私だって、常盤さんの絵は好きだから)

オーバー気味に手と口を動かしながら、部屋に飾ってある常盤さんの絵に視線を移す。紫の勢いに押されたのではない。

(だからね、私、考えたの)

紫も常盤さんの絵を見て、それから控えめに手を動かした。決然とした表情をしていて、何を言い出すのか、全然予想できなかった。

(考えたって、何を?)

私が聞くと、紫はためらいがちに笑って、言葉を区切るようにして、私の顔を見つめた。

(直久くんの絵に言葉を添えて、それで個展を開けないかなって)

「…………」

不覚《ふかく》にも、黙ってしまった。思いもよらない発想に、理解が追いつかなかったけれど、すごくいいと思った。これはもう、なんとしてでも叶《かな》えてもらわないと。

(ご両親に渡った絵も合わせれば、それなりの数はあるでしょ。私の言葉なんてないほうがい

いかもしれないけど、一生懸命考えて、見た人の心をひきつけるような、そんなワンフレーズを添えられたらいいなって）

私にはできないと思うけど、紫ならできると思った。常盤さんの絵に付けたタイトルだってよかったと思うし、詩みたいなものをいい感じの字で書いて組み合わせたら、より素晴らしいものになるんじゃないかな。

（素敵だと思う。もしそれが実現できたら、常盤さんも喜ぶと思う）

私が気持ちを込めてそう言うと、紫はにこりと微笑むだけだった。さっきから表情がころころ変わっているけど、どの顔もわが妹ながら本当にかわいい。常盤さんに紫の絵を描いてもらいたいなって思っちゃった。

（……お姉ちゃんも、そう思う？）

さっきも同じ手話を見たけれど、手の動かし方が全然違う。紫は引き締まった表情を見せている。私はお気楽なことを考えてしまったことをちょっと反省して、もう一度紫の話に集中すべく、しっかり紫の目を見てうなずいた。

（直久くんの代わりに個展を開くって、最初は思い付きっていうか、ただそうしたいって思っただけなの）

表情だけ柔らかくして、私はうなずく。

（そのあと少し落ち着いて、直久くんの絵を見て、改めて直久くんと会ってからのことを思い

返した)

言われてすぐに、私も出会ったときのことを振り返った。今思い出しても恥ずかしいけど、あのときはただ、紫に近づく人を排除《はいじょ》したいという気持ちしかなかった。

(すごく短い期間だったけど、直久くんと過ごした時間は、私にとって本当に大切なものだったと思うの)

(それは、私も同じ)

(手話ができたこともそうだし、絵も見せてもらえたし、小説を書き続ける勇気をもらった。本当に、感謝してもしきれないくらい)

私もたくさん相談に乗ってもらった。こんなところで張り合ってもしょうがないけど、きっと私のほうがお世話になっている。

(だから私は、直久くんの絵を、直久くんが生きてきた証を、いろんな人に見てもらいたいって思った)

生きてきた証。常盤さんのお父様も言っていたことだ。

スケッチブックをもらえるとわかったとき、私は私の中で常盤さんを生かし続けようと決心した。それこそが常盤さんへの餞《はなむけ》だと思った。

(自分勝手かな？　直久くんのご両親に話したら、反対されちゃうかな？)

私は自分たちのことしか考えていなかったから、紫の発想にはただただ驚かされた。常盤さんもまさか、ここまで話が飛躍するとは思っていなかっただろうな。

（そんなことないと思うよ。ご両親だって、喜んでくれるんじゃないかな）

私が寄り添うように言うと、今度は紫が静かにうなずいた。同時に見せてくれた微笑みには、ほっとしたという感情だけでなく、やってやるぞという決意も含まれていたと思う。

（私、本気で思ったんだよ？）

（何を？）

個展の話は終わったのかと、私は特に考えなしに聞いた。紫もすぐに答えた。

（お姉ちゃんと直久くんが、結婚したらいいのにって）

恥ずかしげもなくそんなことを言える紫は本当にすごい。私は一瞬で顔に熱が帯びるのを感じてしまったというのに。

（私だってそうだよ。紫と常盤さんがくっついてくれたらいいなって）

（だと思った。私たち、実は直久くんにかなり失礼なことしてたのかな）

言われてみれば、そうなのかもしれない。常盤さんは嬉しかったと言ってくれたけれど、今思えば、あんなの社交辞令に決まっているじゃないか。

（お姉ちゃんがお花屋さんになって、それから直久くんと結婚して、いつか二人に子どもが生まれたら、お姉ちゃんが用意したお花を、直久くんが絵にするの。それを家族で見て笑い合うの。こんな幸せある？）

目を細めて、愛《いと》おしそうに、ゆっくりと紫は手を動かした。紫の言葉を噛みしめて遠い目をしそうになったけれど、これは素直には聞き入れられない。

（そこに紫がいないじゃない。私は紫に幸せになってもらいたいの）

これだって何の混じりけもない、私の本当の気持ちだ。私だって幸せになりたいけど、紫を差し置いてまで望む幸せなんてない。

（できれば私は、近くで微笑ましく見守ってたいね。お姉ちゃんが直久くんと結婚すれば、私は直久くんの妹にもなるわけだし）

紫を含めて、家族みんなが一緒に暮らせるのならいいのかな。いつか常盤さんが言っていた、三人でする不思議な同居生活に思いを馳《は》せる。

（とりあえず、結婚は当分お預けかな？）

私の言葉を待つことなく、紫はやれやれという言葉がぴったりな顔をつくってみせた。ほんの少し憐《あわ》れみ成分が含まれているような気がするのはどうしてだろう。

（そうだね。紫だって、いい人いないんでしょ？）

（直久くんみたいな人、すぐには見つからないよ）

これにはすぐにうなずけた。たぶん、一生かけても見つからないだろう。

（私は別に、ずっと二人でもいいと思ってるんだけど？）

言うまでもないことだけど、ちゃんと伝えておこう。いつでも話せるとは限らないのだから。

（私も同じ。だけど、お姉ちゃんには結婚してもらいたい気持ちもある）

（どうして？　そしたら紫はどうするの？）

（もう子どもじゃないんだから。ひとりだって平気だよ）

そんなこと言わないでほしいと思ったけど、紫のこの言葉をちゃんと受け止めることにした。

離れたがっているのではないとわかっているし、負い目を感じていることだってわかっているんだから、どんな可能性でも受け入れられる準備がある、ということにしておこう。

（なんにせよ、まずはお花屋さんね。紫だって、そろそろまじめに就職のことを考えないと）

（わかってる。でも、直久くんの絵のことだって、本気だよ）

それは重々承知のつもりだったけど、個展の開催にはそれなりの時間が必要なんじゃないかな。まさか在学中に成し遂《なと》げるつもり？

（まぁ、まずはその小説だね。それがお姉ちゃんの心に響かないようだったら、私には言葉を扱うセンスがないってことだと思うし）

真剣な表情から一転、急にしおらしい笑顔になって、紫は私の手元にある原稿を指さした。

話が現実に戻ってきたと思った。

（すごく楽しみ）

（直久くんに読んでもらおうと思ってがんばって書いたんだけど、全然間に合わなかった）

（そっか。私の花束と同じだね）

私が転職活動を終えたまさに今日、紫もこの作品を完成させたのだろうか。それだったらすごい偶然だ。

(緊張するけど、お姉ちゃんに最初に読んでほしい)

(ありがとう。早く読みたい)

(今は読まないでよ?)

そう言って紫は、原稿に手をかけようとした私の動きを阻止した。びっくりするほどの素早い動きに思わず笑ってしまう。

(わかった。常盤さんに先に見せないといけないもんね)

聞き分けよく原稿を封筒にしまうと、紫は心底安心したような笑顔でうなずいた。

(どんなお話なの?)

(それは読んでみてのお楽しみ)

タイトルからして、恋愛小説かな。それとも、常盤さんの絵に同じタイトルを付けるくらいだから、なにかしら関係あるのかも。

そんなことを考え出すと、紫の言いつけを破って冒頭だけでも確認したくなってしまった。

私がまじまじと手元の封筒を見つめていると、紫がテーブルを叩く音が聞こえた。

(おなかすいた!)

仕方ない。妹をいじめるなんてよくないよね。ここらでおしまいにしよう。

（何が食べたい？）

（なんでもいいよ）

（じゃあ、冷蔵庫にある残りのご飯でチャーハンでも作るね）

（ごめんなさい。手伝うからちゃんとしたの作ろう）

なにそれ、チャーハンだっておいしいじゃない。紫の「なんでもいい」は全然なんでもよくないから困る。

帰ってきてから何も支度なんてしていないから、食事にありつけるのはまだまだ先になりそうだ。

だけど、今日はやっぱりちゃんとした料理がいいよね。冷蔵庫の中身次第では、今からでも買い物に行ったほうがいいかもしれない。

こんなふうに、私たちの二人暮らしはこれからも静かに続いていくのだろう。

＊　＊　＊

お姉ちゃん特製のパスタを食べたあと、私はお姉ちゃんを先にお風呂に入らせて、直久くんの絵と向き合った。どれもため息が出るほど上手だけど、やっぱり最後に描いてくれた絵がお気に入りだ。

個展を開くことを賛成してもらえて、いてもたってもいられなくなった。大見得《おおみえ》を切っちゃったけど、見る人の心を動かすワンフレーズなんて、そんな簡単に書けるものじゃない。それでも、絵を見ないことには始まらないと思った。

直久くんは、私たちにこの絵が届けられたことで満足しているのかもしれない。だけど、私はそれじゃ足りないと思った。この絵は私たちだけが楽しむべきものじゃない。

前に直久くんが、下書きはうまくいっても色を付けると台無しになることがある、みたいな話をしてくれた。

お姉ちゃんも同じ話を聞いたみたいだけど、私にはあまりピンと来なかったというか、色付けができて初めて作品になるんじゃないかと思った。色付けはスタートでしかないというか、せっかく描けたんだから、そのあと誰かに見てもらいたいと思うんだよね。

私にとって小説はまさにそれで、書いて満足というつもりはまったくなかった。お姉ちゃんには書き上がるまで秘密にしていたし、実際に渡すときは本当に緊張したけど、今は早く感想が聞きたいという気持ちでいっぱいだ。

お姉ちゃんがどんな感想をくれるかわからないけれど、できればよかったって言ってもらいたい。あんまりよくなかったのなら、どうしてそう思ったのかを聞いて、それを次に活《い》かしたい。

今は小説よりも直久くんの個展のほうに気持ちが向かっているけれど、小説家の夢だって諦めるつもりはない。いつか自分が書いた物語を本にして、それを直久くんに見せるんだ。直久くんが亡くなってしまったのは本当に悲しいけれど、私たちが直久くんと過ごした時間がなくなることはない。

それなら、私は直久くんから学んだこと、直久くんからもらったもの、それらを存分に生かしたい。そうじゃないと直久くんに顔向けできないと思う。

明日のお墓参りでは、そのことを伝えよう。直久くんに私の決意を聞いてもらって、また背中を押してもらうんだ。そして個展が実現したら、ご両親と一緒に来てもらいたい。

そう心に決めて、私は再びスケッチブックに目を移した。個展を開くまでの流れは調べてあるから、とにかく添える言葉を考えないと。

するど、私の視界にお風呂上がりのお姉ちゃんがやってきた。髪が濡《ぬ》れて顔もちょっとだけ火照《ほて》っていて、艶《つや》っぽくて色っぽい。表情もどことなくすっきりとしているような気がする。

(なに？　人の顔じろじろ見て)

(ううん。お姉ちゃんはやっぱり美人だなって)

こんなにきれいなのに、誰も近寄ってこないのかな。お姉ちゃんが積極的に恋しようとしていないのはわかるけど、放っておかれるはずないのに。

(何言ってるの。紫もお風呂入っちゃいなさい)

自分の魅力に気づいていないのかな。そう言えば、直久くんがお姉ちゃんのことを「素敵な人だ」って言ってたこと、伝えられていないかも。

まぁ、いっか。あんまりしつこくすると反撃に遭うから、何か動きがあるまで待つことにしよう。そんなことを考えて、私はお姉ちゃんと入れ替わるようにお風呂場へと向かうのだった。

10

翌日、私は紫とともに、予定通りに常盤さんのお墓参りに来ている。

常盤さんが亡くなって以降、私は常盤さんのお母様と連絡を取り合っていて、それでお墓の場所を教えてもらった。今はお墓があるお寺までバスで移動中だけど、窓から見える常盤さんの故郷は、自然にあふれた田舎町という感じで、ここでたくさんの絵を描いていたのかなと、簡単に想像することができた。

(ねぇ)

私の隣で外を眺めている紫の肩を叩いて呼びかける。バスの中にほとんどお客さんはいないけれど、公共の場だから声は出さずに手話だけで伝えるようにする。

(なに?)

(今話すことじゃないかもしれないけど)

私の前置きに、紫はきょとんとした様子で首をかしげる。

（補聴器のこと）

（ほんと、どうして今なの？）

紫は苦笑いを浮かべてこう言ったけれど、結構前から気になっていたことだ。常盤さんが亡くなってからなにかとバタバタして聞けなかったけど、うやむやにしてはおけない。先生からもどうするのかと聞かれているし。

私も苦笑いで応戦すると、紫は小さく息を吐いて、ゆっくりと手を動かした。どうやら紫の中で答えは決まっていたみたい。

（今は、いいよ）

遠慮を表す手の動きに、私は少し残念な気持ちになったけれど、紫の決断を尊重したいという気持ちに変わりはない。

（そう）

私はこれだけ言って、理由などは聞かないようにした。紫なりの考えがあるだろうから、それならそれでよかった。

（理由、聞かないの？）

聞きたそうにしているのが伝わっちゃったかな。それならばと、あっさりと方針転換を図った私は、眉を上げて右手小指の指先を顎に二回当てて（いいの？）と尋ねた。

（直久くんの声が聴きたかったからね）

(うん……)

やっぱりそこに尽きるよねと、私は紫の言葉に納得した。就職したあとのこととか、補聴器の性能がさらに上がって私の声も聴けるようになったらとか、聞きたいことはあったけど、今じゃないと思った。

(それに、別に今のままでも困らないし)

(そっか。わかった。先生にも伝えておく)

そう言って、私はバスの現在地を確認した。初めての路線だから、降りる停留所を間違えないようにしないと。

(この人の声が聴きたいって思えるようだったら、そのときはまた考えるよ)

もうすぐ降りるよと伝えようとしたら、紫ははにかんだ様子でそんなことを言った。私の声は聞きたくないの、なんて意地の悪いことは言わない。補聴器を付けるという可能性が完全に断たれなかっただけで満足だ。

(次で降りるから、ボタン押して)

降車ボタンは自分で押したいと紫が乗る前から言っていて、私のお願いを紫は快く引き受けてくれた。音が聞こえなくてもバスの乗り降りは簡単にできるんだ。

バスを降りてすぐに、目的地のお寺に到着した。今日は雲ひとつない晴天で、病院と景観は異なるけれど、広大な敷地に緑があふれているのは同じで、お墓を前にして言うことじゃないかもしれないけど、空気がおいしかった。

常盤さんのお母様から教わった目印を頼りに、常盤さんのお墓まで歩く。迷うことなく無事にたどり着いた。掃除が行き届いたお墓には、聞いていた通り白い菊の花が供えてある。

紫がお線香の用意をしている間に、私は持ってきたピンクのスターチスの花を手向けて、それから二人で静かに手を合わせた。目を閉じて、ふと思う。

常盤さんとも話したことだけど、色付けってほんとに難しい。これは何も、絵に限ったことじゃないと思った。

悲しいけど、私は人生の色付けもうまくいっていない。最初の下書きは、両親を亡くした事故で台無しになった。それでも、紫の世話をするという新たな生きがいが得られたから、すぐに新しい画用紙を用意することはできた。そしてその描き直した下書きも、だいぶ仕上がってきたと思っていた。

そんなときに常盤さんと出会って、今度こそ上手に色付けができると思った。むしろ、私がイメージしていたものよりもはるかにいい色が出せると思った。

常盤さんが紫とくっついてくれたらいいなって、割と本気で思ってたんだよね。紫は私とくっつけたかったみたいだけど、そしたら紫はきっと私のもとを離れていくと思ったから、それはなんとなく嫌だった。

なんて、私だって常盤さんと紫がくっついたら自然と距離をおくようになるのかもしれないけど、自分から離れるのと相手から離れられるのでは全然違うもんね。私は遠くから見守るつもりだったから、それできっと幸せになれたと思う。

それなのに、常盤さんは私たちのもとからいなくなってしまった。愛想をつかされて離れ離れになってしまうのなら諦めもつくけれど、こんな形になってしまったことは本当に悲しいし、悔しい。

だけど、この下書きはまだ台無しにはなっていないはずだ。思い描いていた色は付けられなかったけど、これからまたがんばっていけばいいんだ。

今はまだどんな色にしたいかのビジョンは見えてこないけど、少なくとも理想といえるお手本のようなものはある。常盤さんが描いてくれた絵だ。常盤さんが遺《のこ》してくれた道しるべをもとに、私は前を向いて歩いていきたい。

あの絵のような二人でいられれば、私は間違いなく幸せだ。紫が同じように思ってくれているかはわからないけれど、常盤さんのような人とまた出会えるなんて、それこそ奇跡と呼ぶべきだと思うし。

そんなことを考えていたら、私の肩に何かが触れるのを感じた。なんてことはない。紫が呼びかけてきただけだ。

(ずいぶん長いね)

そんな手話を見せた紫は、なんだか嬉しそうだった。そんな紫に笑顔を向けて、常盤さんとの会話を終える。

（お話ししたいこと、たくさんあるからね）

紫だってそうでしょう。そう言おうとしたけれど、別にこれが最後じゃないんだから、続きはまた今度すればいいんだよね。

そう思った私が小さく頭を下げると、隣で紫がなにやら手話を見せているのが目に入った。

（　　　）

横からでは読み取れなかった。

（なに、なんて言ったの？）

（内緒）

とてもいい笑顔だった。なにそれとか、教えてよとか、そういうコメントを出す気にならないくらいのかわいさだった。

最後に二人でもう一度常盤さんに向かって頭を下げて、私たちは家路に就いた。去り際に見たお花は、自分で手向《たむ》けたものだけどとてもきれいで、気持ちよさそうに風を受けて揺らめいていた。


〈了〉

※この物語はフィクションです。実在の人物及び団体とは一切関係ありません。

著者プロフィール

千瀬 葵（ちせ あおい）

埼玉県在住。

電車の中などで、カバーをかけずに読書している人を見かけるとつい気になってしまう。

いつか自分の書いた本を読んでいる人に遭遇するのが夢。

著書
『君で終わった物語』（2022年、文芸社）

アイヲエガケ

2025年2月15日　初版第1刷発行

著　者　千瀬 葵
発行者　瓜谷 綱延
発行所　株式会社文芸社
〒160-0022　東京都新宿区新宿1－10－1
電話　03-5369-3060（代表）
03-5369-2299（販売）

印刷所　株式会社平河工業社

ISBN978-4-286-25684-9